人生菜单上的选择

读者丛书编辑组 / 编

读者出版传媒股份有限公司
甘肃人民出版社

图书在版编目（CIP）数据

人生菜单上的选择 / 读者丛书编辑组编. -- 兰州：甘肃人民出版社，2019.3
（读者丛书. 国家记忆读本）
ISBN 978-7-226-05426-0

Ⅰ. ①人… Ⅱ. ①读… Ⅲ. ①散文集－中国－当代 Ⅳ. ①I267

中国版本图书馆CIP数据核字（2019）第038767号

总 策 划：马永强　李树军
项目统筹：李树军　党晨飞
策划编辑：党晨飞
责任编辑：马海亮
封面设计：久品轩

人生菜单上的选择

读者丛书编辑组　编

甘肃人民出版社出版发行
（730030　兰州市读者大道568号）
北京温林源印刷有限公司印刷

开本 710毫米×1000毫米　1/16　印张 15　插页 2　字数 222千
2019年3月第1版　2019年3月第1次印刷
印数：1~10 000
ISBN 978-7-226-05426-0　　定价：32.80元

目 录
CONTENTS

001 人生菜单上的选择 / 闫　红
006 妈妈的信 / 黎　戈
009 望断飞雁 / 张　石
014 村庄的老井 / 陈　才
017 酱豆的滋味 / 刘纪昌
021 妈妈的礼物 / 舒　乙
024 山里人的客宴 / 陈立堂
027 父亲的人情簿 / 刘志坚
030 人的一生就是"上山下山" / 葛　优
033 也说老规矩 / 辛酉生
035 要偷就偷闲 / 赵世坚
038 爱的回音壁 / 毕淑敏
041 父亲的绿色逻辑 / 申立名
044 麦黄风 / 徐　迅
046 你打电话的样子 / 王晓莉
050 妻子和土地 / 李克山
053 山外有高楼 / 黄　斌
056 于千万人之中，你是匠人 / 何树青
059 我的电视梦 / 蓝　斌
062 炊烟的性格 / 孙本召

065　和父亲坐一条板凳 / 孙道荣

068　老玩具 / 黄礼孩

071　父亲的大学 / 米　立

074　老爸的火炉 / 冯　唐

077　那些年，妈妈的拿手菜 / 佚　名

080　你在，年味就在 / 寇　研

083　书是回望生命的坐标 / 白岩松

086　时间怎样地行走 / 迟子建

089　击中我生命的那些碎片 / 张克奇

095　这一锅汤 / 翟敬宜

099　你出门去旅游 / 张佳玮

102　小时候的梦想哪去了 / 斌斌姑娘

105　写字 / 毕飞宇

108　笑对人生 / 韩春旭

114　"邓老太爷"面面观 / 邓高如

122　世界不见人，但闻人语响 / 周云蓬

125　钟繇字帖 / 王　澍

129　憨哥这十年 / 章　洋

132　山中少年今何在 / 铁　凝

136　拴马桩 / 贾平凹

140　1998年，关于洪水的回忆 / 小白兔白也青

145　雪山作证：千里爱的追寻 / 李霄凌

152　满城飘扬"读者红" / 王石之

155　感动，叩问我们的心灵 / 曹　静

160　补鞋能补出的幸福 / 李　娟

164　笨拙的梦想 / 羽　毛

167　"新东方"魅力 / 王　林　邱四维

175　当惊世界殊 / 陈中原

182　第一桶金 / 沙叶新

187　我的海底 / 王水林

192　我叫马三立 / 刘连群

198　张光斗：给老百姓干活的工程师
　　　/ 张严平　李江涛　卫敏丽　吴　晶

206　88岁的"上班族" / 祖一飞

212　跌跌撞撞去了美国 / 施一公

216　世界人 / 汤一介

218　走向南极 / 秦大河

227　叶乔波——中国精神 / 吴　航

234　致谢

人生菜单上的选择

闫 红

1

我小时候家住报社大院,邻居都是记者、编辑,有段时间,几乎家家喂兔子。不是宠物兔子,是一笼一笼的安哥拉长毛兔,就养在客厅里,人兔同室,那味道想来非常浓郁。但我那时太小,只记得我爸下班就会去护城河那边割草,有时也带上我。

没错,这是我们家的副业。那年头大家都穷,想手头宽裕点,就得喂兔子。不记得喂了多久,后来兔毛突然间降价。喂兔子不划算了,大家就纷纷把兔子卖了。

我爸还养过鹌鹑,养过土鳖,想过种苜蓿,买过一台针织机……多次尝试之后,他终于发现,开个打印作坊能带来稳定收益。于是,在我家,打字机的嗒嗒声和油印机的吱吱声，总是交替响起。我离家之后，还常常出现幻听。

与此同时，不再喂兔子的邻居也各自找到生财之道。有个叔叔买了台印刷机。大家干的都是辛苦活儿，但勤劳致富足以让我爸感到骄傲。当他感觉到没有被单位公平对待时，就会说，没什么了不起，我挣得比部长都多。那真是个寒酸的时代，然而，也有它的好处，只要你勤快，就能比别人过得稍稍好一点。

直到 20 世纪 90 年代初的某个夜晚，曾经喂过兔子的领导来到我家。他拿着一件西装，似乎是问在纺织厂工作的我妈，那个扣眼怎么处理。

那件衣服的标签上赫然标着 1200 元。要知道，当时我爸一个月的工资也不过四五百块，加上打字的收入也就刚刚过千。

那个伯伯说是别人送他的，又咕噜了一句："可能没这么贵，他们就是瞎贴个商标。"我现在想来，送礼的人没有忽悠他，因为当时我还记住了那件西服的牌子。

这件事在我的意识里有着划时代的意义。勤劳致富的年代已然结束，资源决定财富的时代来临了。

2

1998 年，我来到这座城市，租住一个大约 30 平方米的小套间。有本地同事来我的住处参观，告诉我，买下这个房子，差不多需要两万块钱。

这比我当时的年薪略多一点，但我只是一笑了之。那时我年轻，钱少而用处多，也没有买房意识。

2000 年，和后来成为我先生的某人恋爱，单位分给他一套 60 多平方米的两居室。他出身农家，这个小房子于他已经是飞跃性的改善。他觉得终身有靠，可以安居乐业了。

但新生事物已经出现。我的一个女同事，用不可思议的口气说，她的邻居小青年，居然把单位分的房子卖了，买了很贵的商品房。

这是一个开头，很快，越来越多的人这么干了。我也很想住新房，并且看中了一个楼盘。但某人不同意，他跟我爸说，一个月还贷就得1500元，等于一个人失业。勤于挣钱、拙于理财的我爸，深以为然地点着头，这个话题就这么被翻篇了。

一年以后，我们还是买下了那个楼盘的房子，以每平方米比前一年贵100元的价钱。十几年后，在抢房热潮中，我耳闻目睹许多人很短时间内就做出决定，颇感沧海桑田。

那一万块钱的差价，在当时挺让我遗憾的，但更让我遗憾的事情还在后面。当时我还看过一个"高大上"的楼盘，可惜凑不到四成首付。虽然付两成即可贷款，但无法使用公积金。商贷利息高出一两万，我觉得有点肉痛。

我买完房子以后，就看那个楼盘一直在涨，我为一两万利息，付出了多赚很多个一两万的代价。我第一次感到，选择比努力更重要。

后来，我多次经过那个楼盘，看到楼顶的巨幅海报上写着"眼光决定财富"，我对自己说："我是一个没有眼光的人，所以不可能有多少财富。"

之后的十几年里，我又看过许多次楼盘，不是我有钱，而是那些年，房价涨得没这么快。只要有10万块钱，就可以考虑付个首付。有许多次，机会就在我眼前，我却无法把它们辨认出来。这使得我在房价飞涨的今天，在经过这座城市的每个角落时，都满是怅然的回忆。

3

2014年年底，我参加几个网站的活动，到场者都是媒体人或专栏作者。他们聚集在一起，出现频率最高的词，不是写作，而是"创业"。

他们说的创业居然是做微信公众号。这怎么挣钱？靠打赏？付费阅读？

我对公众号的挣钱模式完全缺乏想象力。

2015年年中，我才无可无不可地和好友思呈君做了一个名为"闫红和陈思呈"的公众号。之后保持着一月一更的节奏，渐渐也积累了一些粉丝，但心里并不当成一件要紧事去做。

但是不断有消息传来，某某的公众号一条广告5万，某某上了10万，还有大V（拥有众多关注者的微博用户）已经涨到几十万，并一次次获得数额高达几百万甚至几千万、上亿的投资。他们并不满足，还在寻找新的经济增长点，做App（安装在智能手机上的软件），做微课，等等。

我终于意识到，我遇上了一个神奇的时代，虽然更多的人还在辛苦谋生，但暴富也成为新常态。田园式的勤劳致富，即将成为传说。如今，群雄争霸，遍地枭雄，靠的是眼光，还有对时代节奏的把握。

但我可能是一个不赶趟的人，每次别人指点我如何变现，我都虚怀若谷地听着，内心不胜惶恐。有一次，生意做得颇为成功的我弟，站在我的房间里，高屋建瓴，指点江山，画出遥远的风景。我心虚地笑着，只求将他敷衍过去。

我知道我做不到。我写不了吸引眼球的文章，抓不住核心竞争力。我的兴趣点分散且没有规律，语调也不够铿锵，我没法总是写别人感兴趣的东西。最终，我还是继续写我的稿子，我们的公众号，还是保持着正常的更新节奏。

4

在勤劳致富的时代，不赶趟的影响，几乎可以忽略不计，最多这一茬庄稼收成不行，下一茬就会好点。而在眼下，赶上趟，就能飞速逆袭；不赶趟，会让你所有的辛劳一笔勾销。

还是十几年前，我的一个同事房子卖得很称心。大家众口一词地表扬时，他说："如果我每次都能做出正确选择的话，我的财富起码比现在多20万。"这个早早认识到选择重要性的同事，很快离开我们单位，飞黄腾达，如今我们只能仰望了。

这些频发的暴富，让一些人产生错觉，以为自己也该有份，以为自己一次次错过了一个亿。事实上，人家可能确实不比你更勤劳或是更有才，但人家的眼光、魄力、资源，都有不可比性。

我已经确定，我是一个发不了财的人，家底薄、胆子小、习惯量入为出，又没有改变的意愿和灵活性。在这个资本征战杀伐的时代，我注定属于没有角逐资本的那一类。那么，我们可不可以，做个旁观者，在云端里看他们厮杀？

有一小部分人有一种恐慌：似乎当不了赢家，就必然是输家。挣钱不只是为了维持生活所需，还为了自己不被时代甩出去。但是相对于做输家，我更害怕被生活裹挟着走。富丽堂皇我能欣赏，但有许多寒微的时刻，也曾让我感到某种诗意。

有首歌叫《心酸的浪漫》，而我心中还有一种"寒酸的浪漫"。相对于元稹的"顾我无衣搜荩箧，泥他沽酒拔金钗"，我更喜欢宋代杜耒那句"寒夜客来茶当酒"。杜耒也许不是穷人，我却偏要想象他是没钱去买酒，轻度匮乏，以茶代酒，会更有一种令人动容的微温。更何况，这个时代里的寒微，已不至于有冻馁之忧、生存之虞，它可以成为人生菜单上的一种选择。

（摘自《读者》2017年第12期，有删改）

妈妈的信
黎 戈

吃饭的时候，妈妈突然低下头，有点儿羞涩地说："我昨天找换季衣服，翻了好几个抽屉，居然翻到当年我给你写的信。"妈妈顿了一下说，"真想不到，我当时居然有那么多话要对你说，好像怎么写也写不完。"

我连忙让她把信拿出来给我看。妈妈从床下拖出箱子，里面有几封信：转学后，原校同学寄给我的、过年时的贺年卡，20世纪90年代的卡片——上面涂着粗糙的银粉，画着幼稚的图案；还有，就是这封妈妈的信。

信封上写着我的学校、班级，还有我的名字，名字后面写着"女儿"。不记得自小腼腆的我是怎么在众目睽睽之下收信的。中学时代的信，都是放在传达室里，有时也有同学顺路拿到班上，摊在讲台上，大家自取。我是偷偷地拿走这封信的吗？不记得了。

皮抢过信纸，想大声地读出来，我立刻制止了她，怕她外婆也就是我妈会觉得不好意思。我把发脆的信纸展开，上面是妈妈年轻时的字迹。原来字也会老。妈妈现在手的力道不足，记性也差，字的棱角没了，字体是软的，还有很多错别字。她年轻时的字，看起来十分隽秀。看落款是1990年，那年我13岁，妈妈去上海探亲，后来转道去云南。她舍不得买卧铺票，三天三夜的火车，坐得腿全肿了。妈妈就是在这旅途中，从上海到昆明，一直在给我写信。

写了什么呢？"女儿，那天你帮妈妈推行李到火车站，妈妈很高兴，我的女儿终于长大了。""你该考过期中考试了吧？考得怎么样呢？妈妈很想念你，一定给你带礼物。"这样矜持克制、几乎没有什么修饰语的表达，却已经远远超过了她日常的抒情程度，足以让现在的妈妈觉得有点儿尴尬了。我爸爸特别善于言谈，热衷于表达。从小，家里都是爸爸的声音：发号施令、对我们狂暴怒吼、醉酒后骂街；很少听到妈妈的声音，她几乎是一个悄无声息的存在。

妈妈的爱，是春风化雨，无声无息。皮刚出生的时候，被推出产房，所有等候的家属都拥过来，亲啊，抱啊，摸啊。我妈却只是在床边转了一圈，默默观察了一番，然后就悄然出门了。等所有人亲完、抱完、赞美完，终于发现我们带来的奶瓶尺寸不对时，妈妈已经赶在超市关门之前，买回了新奶瓶。她高度近视，又担心我，急着往回赶，一脚踩进水洼，弄湿了半条裤腿。

妈妈不善言语，却有耐心和慧心。皮周岁的时候，还不能完整地表达，坐在小推车上，老是哭，我们都不明白是为什么。妈妈仔细观察后，调整了推车的角度、散步的路线。后来有一天，妈妈给皮缝了一个小垫子，皮不哭了，也不在椅子上扭来扭去了。原来是因为车座套的布料薄，她的小屁股怕冷。妈妈终于读懂了不会说话的皮的心思。

我新婚时，妈妈常常穿过整座城市来看我。她舍不得坐车，骑将近一个小时的自行车，穿越城市来我这里，带来各种洗净的肉和菜——一只鸡，洗得干干净净，内脏装在小塑料袋里，葱姜全都处理好了。那只鸡我一直没吃，过年时把它带到了婆家，漫天的年夜鞭炮声中，我想妈妈，不知她的餐桌上有没有炖鸡。在这些菜旁，常常有妈妈写的纸条，写的都是菜的做法和处理方法，或是给我带了什么东西，放在哪里。这些留言条，才是妈妈给我写得最多的信吧，也是她一贯的表达方式：切实、简单、不言爱。

而我一直到了今时，在做了母亲、历经人生沧桑之后，才能在妈妈，这个不习惯说想念和爱的人的留言条里，读出爱，读出想念，读出我离家后她的孤独。

我是一个长期浸淫于语言，并且大量生产语言的人，可是我知道，最深的爱，往往没有语言的外壳，就像妈妈对我这样。雨夜回家，妈妈早早烧好了热水，她想我一定很想泡个脚。皮哭闹时，她立刻抱走皮，让我安心读书写稿。妈妈不发一言，却总在想我需要什么。一盆热水、一个安静的空间，都是妈妈给我的信，上面写着爱与关怀。

（摘自《读者》2018 年第 19 期）

望断飞雁
张 石

从留学到在海外定居，一晃已经过去 20 多年了。说不出对现在的生活有什么不满，但是在内心深处，想起故乡，回首自己所走过的道路，总有一些有关故乡的事情，让人追悔莫及。那是一种难言的痛，"才下眉头，却上心头"。

1

1984 年，父亲去世，母亲承受了沉重的打击，那时我刚考上研究生，也结婚了，妻子是另一所大学的研究生。虽然母亲每天沉浸在悲哀中，但是我新婚的妻子给了她莫大的安慰，她们非常合得来。妻子精心、细致地照顾母亲，经常和母亲一起去买菜、逛街，还经常带母亲去洗澡。母亲逢人就会夸奖我妻子。

她们让我体会到一种未曾有过的温馨，我们一家人生活得和睦安稳。看着母亲渐渐地从失去丈夫的悲哀中走出来，变得那样安详、满足，我甚感欣慰。她深深地依赖着我们，以为这样的日子会永远继续下去。

3年过去了，我和妻子都毕业了，我们向往首都北京。我们认为在那里可以大展宏图，所以果断拒绝了校方对我们留校执教的邀请。我们带着一种全新的向往，奔赴首都。

记得离开家的那天，妈妈拄着拐杖送我们，她哭了，痛苦地说了一句"生离死别"。我很难过，但是以我们当时的条件，无法将妈妈带到北京一起生活，只好把她托付给哥哥照顾。我觉得年轻人应该不断进取，走上更高的台阶，至于亲情，应该服从"远大的目标"，甚至可以为"远大的目标"牺牲，所以我还是在母亲的哭泣声中走了，走得那样坚决，那样义无反顾。

在北京工作几年后，我又去日本留学，离母亲更远了。记得有一次，我在日本给母亲打电话，那时母亲已经不能走路了。她对我说："能不能让你的同学常来看看妈？妈太寂寞了，一天也看不到一个人。"

她多么盼望我能经常回家陪陪她，但是"过尽千帆皆不是，斜晖脉脉水悠悠"。听着风烛残年的母亲的恳求，我越走越远的意志在泪水中坍塌。

2

人生的目的是什么？真的存在于永无休止的准备中吗？母亲是真正需要我的人，我是她的安慰和依托，而陪伴和照顾这些真正需要你的人，难道不是人生最大的目标吗？

禅诗云："终日寻春不见春，芒鞋踏破岭头云。归来偶把梅花嗅，春在枝头已十分。"有时生命真正的意义，就在你的身边，你却千里迢迢，到处寻觅。当我们看到阔别多年的父母青丝变白雪，在孤苦中踽踽前行时，当我们听到他们恳求你，让你的同学去陪伴他们时，是一种怎样的无奈与悲哀？

母亲已在思念我的寂寞中于 2003 年去世，而未能经常陪伴在她身边，却成为我此生永远的痛，枫叶芦根，望断飞雁，我永远记着母亲送别时的一句话："常回家看看，不要走得太远。"

3

日本诗人石川啄木由于生活所迫漂泊他乡，他一生苦恋自己的故乡，写下许多思念故乡的诗作。

怀念故乡人说话 / 走进车站的人群 / 倾听乡音像病兽一样狂躁的心 / 一听到故乡这个字眼 / 我如此安详

故乡对我们来说，究竟是什么？它不仅是一片山水、一排老屋，更是那许许多多渗透在我们生命深处不可言传的东西，有时是几句问候的话语，有时是一些深情的目光。

我想起了父亲，他非常慈祥，对儿女总是有求必应。我要学二胡，父亲就东借西凑，给我买二胡；我要学小提琴，父亲到处打听，终于找到一个卖主，愿意用很便宜的价钱，把他的小提琴转让给我；在上大学时，随身听是很新奇的东西，我要学英语，父亲不知从谁那里借了一笔钱，为我买了随身听。

父亲常说，他教育孩子的方针，就是让他们自由发展。是的，父亲并不要求我们留在他的身边或按照他的理想和志向奋发图强，而是让我们遵循自己的选择在天空自由地翱翔，而他所做的就是永远竭尽全力地支撑着我们，充满慈爱地目送我们。

父亲离开我们已 30 多年了，我也已飞得足够遥远。尽管我飞得仍是这样艰辛，这样笨拙，但我时时会想起父亲目送我时那深情的目光，这会让我时不时地调整被风雨打得潮湿而沉重的翅膀，努力飞得更高一点。

我想起在国内的很多师长，他们真诚地欣赏我，经常为我取得的一点点成绩而欣慰无比，为我发表的第一篇论文而惊喜万分，为我经历的每一次失败而痛心疾首。当我在拼搏中不断受挫，心灵上伤痕累累之时，只要我来到他们身边，总会得到温暖的慰藉。

可是，不断求索的路，让我越走越远、越走越匆忙，使我渐渐离开了他们、疏远了他们，有时甚至淡漠了初心，冷落了他们，忘记了他们。我很少回去探望他们，他们中有的人已经九十高龄，但是在每封给我的信中仍旧充满了惦念和鼓励。

记得我以前的邻居王大爷和王大娘，非常疼爱我们这些顽童。他们家后院种满了果树，秋天，果实成熟了，王大爷和王大娘就会把我们这些顽童叫到后院，让我们吃个够。后来王大爷去世了，他们的孩子也都结婚单过，家里只剩下王大娘自己。王大娘常来我家串门，我常听她和妈妈讲已故的王大爷，妈妈也经常和她讲我逝去的父亲，她们的话语充满了忧伤，也充满了温馨。

后来我要结婚了，王大娘听说后似乎很高兴。有一天我看见她颤颤巍巍地推开我家的门，手里拿着一对粉红色的枕套，对我说："这是给你的，你要结婚了呀！"我接过一看，样子和图案都过时了，可能是王大娘"存箱底"的东西。说实在的，我并不喜欢那对枕套，于是我只是淡淡地笑了一下。可当我抬起头来，我的眼睛一下子碰到了王大娘的目光，她正充满期待地看着我，那目光甚至有些焦灼。

我立刻非常后悔我的冷漠，连声说道："太好了，大娘。我太喜欢这枕套了。"其实那时我并没有说谎，因为那对绣着鸳鸯的枕套，洒满了王大娘慈爱的目光，让我感动，让我珍爱。

也许这就是故乡，一件平常的小事都让你充满了眷恋，一句普通的问候都让你感到说不尽的温馨，一个不经意间的目光都饱含着深情，让你久久不能忘怀。

你最应该珍视而没有珍视的已经一去不复返了，而你曾经无视了他们，省略了他们，迈过了他们，认为他们是你追求自己"远大目标"时已经不再有意义的存在。而今你回来了，你踏破了关山云海，一生寻找，真的找到更需要你的地方和更需要你的人了吗？没有，只是在心中留下了一段永恒的空白，让你在悔恨中说一声"妈妈，我回来了"，并听到了永无回答的空洞的回声。

（摘自《读者》2018 年第 18 期）

村庄的老井

陈　才

村庄坐落在一个鱼形的山坡上，老井刚好在村口，正处于"鱼眼"的位置。井口是四方的，水井有七八米深，井壁的上半截由石块砌成，下半截是黄褐色的泥土，泉眼只喷涌清泉和细沙，而几乎没有淤泥，这就保证了水井的清洁。井水明晃晃的，像镜子一样反映着天空。四方的井口有一个好处，那就是人们可以站在它的四角上同时打水。

井台异常宽阔，用混凝土筑成，再抹上一层石灰，显得平整而光滑。井栏呈八角形，也全由石头砌成，那些栏杆雕刻着飞禽走兽，延续着乡村古老而朴素的石雕工艺。井台是孩子们的乐园，我们经常盘膝坐在井台上玩各式各样的石子棋，一把石子结合不同的图形，可以幻化出无穷无尽的玩法，世界在不同的组合中更新和改变。

井壁上生长着一些杂草和一些蕨类植物，只有到年底的时候，人们才会将其拔除，并把井底的泥沙掏干净，将其彻底清理一次。我对各式各样的水井充满兴趣，每到一个村庄，我都会跑到井台上去，我在井中看到了我的脸庞和身后辽阔的天空，时常跟井中的影子对视并交谈。乡村的天空没有什么遮掩之物，永远是如此蔚蓝和辽阔，然而，一个小小的水井竟然能将其容纳下来，这是事物在我的面前初次显现它的神秘性。还有，那源源不断的泉水是从哪里来的呢？这曾经是困扰了我很长时间的难题。我比较过不同村庄之间的水井，有的井口是圆的，井壁由十来个环形的水泥圈堆砌而成，当然像我们村的水井那样由石头砌成的方形水井也相当普遍。

乡村人家打水多靠"井篙"，"井篙"就是一根长长的竹竿，并在竹竿头上用螺丝钉装上一个可以活动的铁钩，人们利用它把一桶水从井中打上来。20世纪80年代，乡村普遍使用的都是木桶，后来慢慢过渡到了铁桶，至90年代中后期，我们乡间已经难以见到木桶了，已被铁桶所替代，后来还出现了塑料桶。木桶是由一块块桶板拼装而成的，桶板与桶板之间分布着数以十计的木头楔子或铁钉，在桶壁的表面还扎着三道铁丝箍，以使其牢固。然而，木桶毕竟并非坚固耐用之物，且不说桶口在跟井壁的无数次碰撞中遭到磨损，就是在水的长期浸泡中也会腐朽，所以，人们在挑完水后，往往会把木桶倒扣过来，以使其保持干燥而延长寿命。而"担水钩"也颇有讲究，它的主体部分是一根由木头或竹子做的扁担，在扁担的两端上挂着两个生铁打成的钩子。铁钩也分两部分组成，犹如双节棍一样灵活，使挑水者不用低头就可以顺手钩住水桶。一根"担水钩"充分体现了乡村木匠和铁匠的朴素智慧，它也符合力学的简单原理，在最大限度上贯彻了省力和好用的原则。然而，所谓省力也是有限度的，乡村中的每一样活计都是苦役，不可能有真正意义上的轻松。挑水又是家务活之中最累人的，一个孩子能否帮家人挑水，这被视为他是否长大的标志。原因是，一担水的分量也并不轻。

事实上，每个孩子长到12岁都会主动帮家人挑水，甚至承担起家中全部用水的繁重劳动。通常，一个中等家庭每天的用水量是10担到20担之间，这其中包括了家庭成员用水以及牲畜喝的水。乡村孩子提前进入了成年期，而挑水无疑成了成年的仪式。当一个孩子挑着满满一担水走过村中的小巷，在大人嘉许的注视下，总会有忍不住脸上骄傲和得意的神色。这说明他开始有用了。在乡村，一切都是以是否有用为原则的，就连人也不会例外。而一个没用的人是为人们所不齿的。我也是在12岁开始挑水的，其实我一直在跃跃欲试，我憋住劲许久了，在井台上打水、挑水的景象曾多次出现在我的梦中。只是，我在12岁时，身材矮小，手臂像芦苇管一样羸弱，要挑满一担水实在力不从心。我记得第一次挑水时，就因力气不足而在铺着青石的村巷摔破了一对木桶。后来，我慢慢才能轻松自如地挑水，在巷子里奔走如飞。劳动增强了我的体质，我能体会到力气在我的膀臂上缓慢生长的美妙感觉。

打水的过程是这样的：我弯着腰，用井篙钩住木桶把它缓缓地放入井中，旋即用力往下一压，木桶发出"噗"的声响，首先是桶口切入水面，然后是木桶完全没入水中并下沉，我感到水中有一股力量在拽着我，仿佛要把我往井底拖去，我憋住气，双手交替着使劲往上拔，一桶水顺着井篙，在我的手中一寸寸上升，直至越过了井沿，完全被我提到井台上，我才松了一口气，继续打另一桶水。村人打水的姿势几乎是一样的，它仿佛是一种简化的祈祷仪式，庄重而简单。打水从祖先的手中一直传递下来，还包含着祖先的辛劳、智慧和疲惫的叹息，它几乎省略了一切多余的动作，简单、直接而有效，堪称千锤百炼，它唯一的目的乃是将水从井中打上来。

（摘自《南方农村报》2003年8月28日）

酱豆的滋味

刘纪昌

如果把酱豆称作"美味佳肴",不仅别人会笑话,就是我自己也羞于启齿,因为谁会把那黑乎乎的酱豆当作正正经经的菜来看呢?

然而,酱豆曾经是我生活中的主打菜。我之所以长得像李逵一样五大三粗,皮肤黝黑,很可能与吃了过多的酱豆有关。我经常以此和母亲开玩笑,母亲反问道:"如果不吃我的酱豆,你还能长得这么高高大大、人模人样?"我生在二十世纪六十年代,长在七十年代,在我像麦苗一样拔节成长、急需营养的时候,却不能像现在的孩子一样又能补钙,又能补维生素。那个时候,农民自己也吃不上新鲜的蔬菜,因为土地是集体的。尽管每个生产队都有一个菜园子,也种一些蔬菜,但只种一些大个的萝卜和冬瓜,至于韭菜、豆角之类的时令蔬菜,只是偶尔的调剂,一般人是吃不上的。没办法,村民们就只能腌制酱豆作为过冬菜,家家户户都腌。从我记事起,家里的饭桌上总有一碟酱豆。即使家里来了客人,按照招待客人的规矩,照例是要摆四碟菜的，但不管其他几碟是什么菜，必有一碟酱豆。往往是一碟炒鸡蛋，一碟油泼辣椒，再找上一碟时令蔬菜，最后肯定摆上一碟酱豆。只不过这酱豆是用油炒过的，因为用油炒过的酱豆味道清香。但这种优待毕竟太少了，平常都是直接从罐子里掏出来就吃，味道当然很差。只有对上一点水或者米醋，再加上一点生辣椒，尚差强人意。天天吃这东西，时间长了，我觉得自己的脸皮都自然而然地变成黑色的了。

当然，也有许多人对这黑不溜秋的东西早已厌烦，比如那些经常吃派饭的驻村干部，看见桌子上摆着一碟酱豆时，就半开玩笑地说："又把你家的'大菜'端上来了。"酱豆无论是颜色还是形状，确实不算"菜"，主人往往是一脸的无奈，因为要摆够四碟小菜实在是很不容易，权且拿这一碟酱豆来凑数。但就是这酱豆伴随我度过了几年的中学生活。

上中学时，因为离家远不能回家吃饭，学校的食堂又吃不起，只能从家里带上馍馍和菜。

馍馍就是硬邦邦的玉米面窝头，有时母亲实在看不过去，蒸窝头的时候就放点盐和葱花，以此增加它的香味。而菜呢，可怜的母亲只有从她的酱缸里舀出一大碗酱豆。唯一不同的是，加上葱花和辣椒用油炒了一下，算是对孩子的格外照顾。然后装进一个罐头瓶里，就成了我一个星期的主菜。那个时候，除了个别家庭条件比较好的学生外，大部分学生都是吃这个的。每到吃饭时间，学生们盛一碗开水，把玉米面窝头泡进去，把罐头瓶凑到一块，就算开饭了。我们一边从碗里捞着窝头，一边互相品尝着对方的酱豆。一年四季都是如此，很少变化，单调得要死。

为什么大家要互相挑着吃对方的酱豆呢？因为自己家里的那些东西实在是腻味得无法进口了，都希望从对方的瓶里发现一点意外的惊喜。另外一个原因是，虽然都是酱豆，但内容却大不一样，这也和家庭状况有关，有的母亲心细，里面夹着花生豆和蒜蓉，自然是别有一番风味。我记得吃得最香的一次是我最要好的朋友的，因为他哥哥娶媳妇，办完喜事，他妈就用猪油拌着肉丁，给他炒了一大瓶酱豆。那肉的香味啊，简直让人失魂落魄，我们每天都盼着早早下课吃他那非常美味的酱豆。一到开饭时，大家马上就围到他跟前，你撅一筷子，他舀一勺子，本来可吃一个星期的东西，结果两天就被干掉了。在我与酱豆结识的历史上，这应该是最美好的印象。直到我上了大学离开故乡，酱豆才从我的饭谱中消失。

上了大学之后，学习生活一下子变得丰富多彩，饭菜的种类花样翻新，五花八门，蔬菜多了，肉也多了：过油肉、小酥肉、肉丸子……油水自然大了。然而不知怎么回事，那曾经让我头疼不已的酱豆的味道却像袅袅轻烟，一缕又一缕在心头萦绕，挥之不去。过去它带给我的所有烦恼和痛苦都没有了，全部变成了温馨的回忆。

就这样，酱豆再一次进入了我的生活。由于生活条件的改善，每次开学时，我都要母亲给我准备一大瓶酱豆，母亲会精心地加上葱花、辣椒和肉丁，炒得喷喷香。谁知到了学校，却让同学们抢着吃完了。当我把这些告诉母亲时，她高兴得不得了，第二次找了一个更大的瓶子，起码能装五六斤，非要让我带给同学们吃。后来我的几个朋友总是要求我开学时，给他们带酱豆。这下母亲更来劲了，原来是每年做一罐酱豆，后来就变成了做两罐。

做酱豆先要挑选很饱满的大豆，洗净煮熟后晒，再让它发毛，配上面和盐，有的人家还加上花生豆、西瓜籽等，再装进瓦罐里晒，晒半年以后香味才能出来。这工作虽然不是太累，但必须操心，得经常翻动才能使味道均匀。实际上，到了上个世纪九十年代，农村的生活已经好起来，许多人家已经不像以前那样把酱豆当作主菜，也有好多人家不再做酱豆了。但我母亲却年年照做不误，原因是她有一个在外地工作的儿子喜欢吃这东西，儿子的朋友喜欢吃这东西，所以母亲每年都要把做酱豆当成一件大事来做。她把对儿子的爱和思念融入每一个具体的细节中，每次翻动酱豆时，她都要闻一闻味道，心里盘算着什么时候儿子回来能给他带上。她还能给儿子什么呢？城里的东西应有尽有，什么都不缺，只有这带着母爱、带着乡情的酱豆，才能让儿子在遥远的地方不会感到孤独和寂寞，才能在那浓浓的咸味和香味中思念着故乡和母亲。

后来母亲病了，半个身子不能动弹，但她坚持指导着让妹妹做上两罐酱豆。妹妹说："做这干啥？现在谁还吃这东西？"母亲说："你哥爱吃，给你哥做的。"我回去看她，临返城的时候，她给我包了一大包，说："娘还活着，还能给你做两年酱豆。娘要是不在了，你就再也吃不上了。"

黑黑的酱豆里，有浓浓的亲情。

(摘自《读者》2007年第2期)

妈妈的礼物

舒 乙

　　这里说的礼物，是说专门当作礼品送过来的东西，这种送礼很有仪式感和庄重性，不是平常过日子给的，诸如买些花生瓜子之类的，或者买件衣服添双鞋之类的。满族人有送礼的习惯，人们常说：旗人礼多，这是确实的。过去逢年过节，办喜事，旗人都讲究送礼。礼物可能很小，不值钱，一个点心匣子呀，一个小盒粉呀，总得有，不能空手。但是，家人之间，倒并不太在意，特别是长辈和晚辈之间，常有忽略的时候。看《红楼梦》，林黛玉、贾宝玉倒是频频收到老太太的礼物，看着挺让人眼馋的，从而知道那时候在有钱人那里礼节是挺多的。外国人是重视家人之间彼此送礼的，特别是在圣诞节，很讲究，很普遍，不分穷富，是重要的习俗。
　　我的母亲和父亲，既是满族人，又是在洋学堂里上过学的，可能两方面都有影响，依然保持着家人之间送礼的习惯，尤以父亲为甚。母亲只是在特别隆重的日子才送，正因为隆重，所以也就记得清楚，终生难忘。

我留苏回来那年，24岁，正式参加工作了。有一回，星期天，和母亲去逛东安市场。我家离东安市场很近，只隔一站路，走到一个小珠宝店前，她走了进去，我以为她要买首饰之类的东西，便陪她走了进去。她站在一个平柜面前，指着一个摆放着小玉器的平板格子说："你挑一件吧。"我很吃惊，完全没有精神准备。

"挑什么？"

"挑一件玉佩吧。"

"哪样的？"

"挂在身上的。"

"干吗？"

"保平安，避邪。"

我完全懵住了，因为在那个年代，20世纪50年代末，完全没有人戴玉了。女性不戴玉镯，男人不挂玉佩，甚至连结婚戒指也没什么人敢戴。整个珠宝行业一派萧条。对母亲的建议我很感动，激动得说不出话来。老派的非常讲礼貌的店员也被我们母子二人的亲情所感动，殷勤地帮助推荐花色。最后由母亲做主，挑一块略带黄色的小玉佩，是挂在腰上的，给了我。

我没有问母亲送我玉佩的缘由，但是我由她的眼神里猜到了她的用意：一是祝贺我留学归来，学有所成，当了工程师；二是在某种意义上替我行成人礼。5年不见，我已长成大人，成了大小伙子，个子比她还高，虽然很瘦，但已属于"帅哥"。显然，对我的成长她很自豪，也是在替她自己得意和高兴吧。

这块玉，我始终没有佩戴过。可是我很珍惜它，当作宝贝锁在柜子里。可惜，"文化大革命"时失落了。在我的脑海里，不论何时，永远保留着它的影子，因为这是妈妈的礼物，是她亲手替我置办的一件厚礼，在我生命的一个重要关头，仿佛是我的一个生命里程碑。

两年后，我在北京结婚。父亲送给我的礼物是他亲手在红纸上写的一幅字，8个大字：勤俭持家，健康是福。而母亲的礼物是一个大衣柜和4个木质小方凳。就这么简单。

  转眼到了1992年，我已经57岁。我们都由四合院搬进了楼房。我和母亲住在一起，在同一层，分两个单元。那年的8月16日，是星期天，我正在案头写作。母亲悄悄地走进我的单元，笑眯眯地举着一个纸卷，说是送给我的生日礼物。打开一看，不得了，画了一窝猪！

  我仔细数了数，一张小画，居然画了22头猪：两头老母猪，带着20头小猪。白猪、黑猪各9头，花猪4头。

  画上的题字是："猪圈多产丰收年，乙儿五十又七诞辰，老母絜青喜戏而作，时九二年八月十六日"，上盖"絜青老人"、"九十年代"和"双柿斋"3方印章。

  这张画是我的宝贝，托裱后现在常年挂在我的书桌右上方，我抬头就能看见它。每当客人来访，我都会让客人走近观看。我特别得意，因为每一位观看的朋友都会发出爽朗的笑声，无一例外，而且往往要说一句：老太太真好玩！

  那一年老太太87岁，她大我整整30岁。

  母亲给了我生命，儿子的生日是母亲的受难日。按理，儿子在生日那天要先向母亲行礼，请她喝点酒，吃顿好饭，热闹一番，表示感谢养育之恩。母亲却先想到，还特地画了画。我生于乙亥年，属猪，她便画了一窝猪，憨态可掬，特可爱，还亲自举着送来。

  这就是母亲。

  母亲生了你，养育了你，教育了你，不论你多大，她都想着你，注视着你，默默地关心着你，疼爱着你，为你祝福，为你祈祷。

  因为你是她的孩子。

（摘自《读者》2012年第14期）

山里人的客宴
陈立堂

山里人的客宴挺讲究，席位"等级森严"。一进门，迎面靠墙的一方为"上席"，坐主客，但右位为尊，左为陪位，陪位上坐的客人必须是尊位上所坐客人的同辈或孙辈。上席的对面为"下席"，坐次客，也必须是尊位上所坐客人的同辈或孙辈。但有一种情况特殊——上席上坐着两个相当于爷孙关系的人时，下席上则可坐介于他俩辈分之间的人。中国农村有句俗语："爷孙无大小。"孙辈当然可沾爷辈的光了。另外两方为"横头儿"，左边横头儿挨下席的地方为"酒司令"的专座，其他的坐普通人。

遇着婚丧大事，主人家还请有专司主持招待的人，名曰"知客先生"，由村里德高望重的人担任。宴次及入座都由知客先生根据来客情况及主人家族的关系安排，不可有误。

宴上很讲究吃相。"食不言，寝不语"是山里人恪守的古训。宴上除劝酒劝菜或猜拳行令外，是不能随便说话的。每道主菜若主客尚未动筷，其他人则不可先动，每个人也不可去夹离自己较远的菜。无论吃什么东西，每次都只能夹一点儿缓缓送入口中细嚼慢咽……

山里人热情似火，来了客人都会在现有的条件下尽其所能地招待。

20世纪80年代，山里人最好的东西莫过于猪肉，一般只有在逢年过节或宴客时才会出现在餐桌上。为了招待好客人，当家的与主妇要嘀嘀咕咕、劳心费神地商量好半天，但也只能设法凑出四菜一汤来。菜的烹制方法比较粗糙原始。不过，装在粗瓷大碗里倒也"匹配"。

宴席上只有当家的作陪，小孩子只能站得远远的，愣愣地看着，馋得"咕咚咕咚"直咽口水，焦急地等待着宴罢……这种情况除了因为东西稀少之外，恐怕是担心小孩子不拘礼节而怠慢客人。

到了90年代，肥猪肉已不大受欢迎，只有瘦猪肉才算是最光彩的主菜。来了客人，主人已能很轻易地摆上七碟子八碗来，甚至十几道菜。宴客也雅气多了，细瓷盘碗上了餐桌，让人耳目一新。

自古以来，酒是中国客宴的主角，有"无酒不成席"之说，中国很早就用小瓷杯做酒具。一杯酒，酒性好的人可一口喝尽，酒性差的人得喝好几口。但没有人会一气喝完——城里人讲究"感情深，一口清"，而山里人却认为这样是在喝"气酒"，表明被得罪了。

敬酒也有一套礼节。晚辈必须先敬长辈，陪者必须先敬主客。敬酒时，要双手举杯对着对方说"我敬你啦"，此谓"叫杯"。敬酒者将该杯酒喝完后斟满一杯给对方。对方要用此杯敬他人一次后方能回敬，这叫"拐弯儿"。若席上的人酒性都好，便不停地推杯换盏，异常热闹。酒过数巡后，大家已有三分醉意，兴致更加浓厚起来，便会响起野吼吼的拳号声……

及至世纪之交，鸡鸭鱼肉"联合"香菇、木耳等无情地把瘦猪肉挤下了主菜的宝座，再配以山里特有的野味儿（有肉类的，也有植物类的），真是珠联璧合，那个风味城里人恐怕只能在梦中领悟到。而且道道菜都讲究色香味，人们常在宴席上看到冰清玉洁的"莲儿"而不忍去碰它一下，其实那只是用山里最寻常的东西——咸蛋做成的。

"天有不测风云。"伺候中国人上千年的小瓷杯最后一批从山里人的宴席上"下岗"了，新"上岗"的是酒碗；炭火锅赶走了大汤碗，却很快又被酒精火锅、电火锅赶下了台；那"等级森严"的八仙桌已没有了它昔日的威风，取而代之的是可以自由活动的大圆桌……

在时间的更迭中，山里人传统的宴俗也仿佛恍然大悟到了什么，悄然溜走了，而把那悲惨的命运转嫁给了八仙桌……男女长幼随便坐在一起自由饮食，谈笑风生，空气也随之流动起来。人们敬酒不再交杯了，而是对饮……

时代总是匆匆地迈着轻快的脚步，若干年后，山里人的客宴又将是怎样的呢？

（摘自《读者》2004年第12期）

父亲的人情簿

刘志坚

父亲过世后,没留下什么值钱的东西,就一本人情簿。那是父亲的手迹,就留下了。父亲没上过学,靠自学才认得几百个常用字,勉强能记账而已。

一天,我偶然翻了翻,其间有些东西,是我怎么也读不明白的。

那是一本人情流水账。账簿是旧式的,整齐的红线条,直书。掀开封面,扉页上是这样写的:四乡八邻,往来人情,钱财粪土,仁义千金。歪斜的字体,透着浓郁的乡情。我疑心那是账簿的民俗套语。下面记的就是某年某月某日,桂生嫁女,送礼5元,某年某月某日牛大爹八十大寿,送去8元之类的人情往来了。金额不大,但记得一笔不苟,端端正正,父亲是个认真的人。

账簿不很厚,300来页,时间跨度大,从刚解放初期的20世纪50年代,一直记到他老人家过世的90年代。前后30余年,其间,没有断层。有些年头,疏疏朗朗,三五两笔;有的密度很大,一年之中记了30多笔,最多的一年记了 50 多笔，一连好几年，那一笔笔都是收入的礼金啊。我问母亲，那些年我们家有什么喜事，为什么收了那么多人情？

母亲听后笑道："准是你上大学的那几年吧？"

我细细一看，果然是这样。在我考上大学的那一年，村里人当成大喜事，不分亲疏，几乎家家都送了礼，一共是 55 笔，整整记了一页多。次年是父亲五十大寿，又是 30 多笔人情。第三年是小妹订婚，除了聘金，也有村人送了助嫁贺礼。接着又是妈上 50 岁，人情账也记了大半页。往后就只有付出了。

读到这里，我心一颤。我们家的喜事像排了队似的，哪有那么巧呢？原来为了我的学费，母亲提前进入 50 岁，小妹也由父母做主，早早地与人订了婚。因为在我们乡下，大家日子都很紧巴，谁也没有闲钱出借。你家有喜事，大家就来送一份人情，丰俭随意，但都带有相帮和资助性质，也不用偿还。如果你硬要拿钱去偿还，人家会生气，也是有悖人情的。只有在对方办喜事或遭遇困难时，你送上一份人情就是了。厚薄由你，礼多礼少，都是人情，这是乡俗。

我大学毕业后，曾经问过父亲："我读书这些年，借了不少债吧？"

父亲只淡淡地说："借贷倒没有，只欠了乡亲们很多人情。"并嘱我生活一定要省吃俭用，要记住乡亲们的深情厚谊。当时我没注意，也很少给父亲寄钱。现在想起，是我太不谙世事、不懂人情啊。

我再翻后面的账目，多是人情支出了。青皮讨媳妇呀，贵贵生儿子呀，五爷砌屋上梁呀，送去的礼金，金额都比较大，明显带有还情的意思。在我工作时，父亲来过我单位几次，都是说村里某某家办事，要送人情，让我给筹措一些钱。因金额较大，我说："送人情，没钱就少送一点吧。"

父亲一听就吼道："那怎么行？亏你还是读书人。这人情钱是少得了的吗？"为钱的事，我第一次见父亲发那么大的火。现在想来，自己真的是太不谙人情世故了。

在我们乡下，人情往来，是维系乡邻之间的纽带。我是因了人情钱才读完大学的，所以乡亲们的情谊，我不敢相忘。

当今，人们的人情观念虽然淡薄了，但这根纽带，依然丝丝缕缕，维系着村人和乡邻之间的情谊，带给我们点点滴滴的温馨和人情的美好。

(摘自《读者》2004 年第 1 期)

人的一生就是"上山下山"
葛 优

一直到十八九岁,我都不知道自己将来会是什么样。我爸演戏的时候,我经常躲在一边看。那时,我觉得自己可能一辈子都是忠实观众吧。

"文革"结束了,艺术院校招生,我好像忽然就知道自己想干什么了。考艺术院校时,主考官让我演一个动作:从后面捂女孩的眼睛。我太紧张了,捂住她的眼睛,手就下不来了。那女孩只好把情人见面的戏变成了抓流氓的戏。

我最大的特点是两个字:一是蔫,一是缩。我不像我爸,他脾气火暴,敢当着一千多人的面上台指挥。我打死也不敢。只要有什么活动让我出席,我就本能地往后缩。如果出席的人有十几个,我就本能地坐在最边上。出席活动,快到大厅门口时,我最紧张,好像一开门就会被机枪扫射似的。

但老那么惯着自己,也不行。都老大不小了,有人叫老师了,还那么羞答答的,不行。我也假装放松过,就想象自己在拍戏,效果似乎也不错,可总觉得太假了。我告诉别人，其实我不紧张。有人说："谁都能看出来，你满脑门子汗，说话磕磕巴巴，不叫紧张叫什么？"我索性老老实实说自己紧张，也不想老装大尾巴狼。这么一想，我反倒踏实下来。

如果时光倒流，我愿意回到刚成名的那个阶段。我很喜欢"上山下山"这四个字，我觉得人生用这四个字就能穷尽了。刚成名的时候是上山，上山时一切都是未知，你不知道自己会到什么地方，能到什么地方，你在上升的曲线上。人最美好的是追求的过程。你看世界上流传的最经典的爱情故事，都是没有结局的，如罗密欧与朱丽叶、梁山伯与祝英台。什么是结果？死亡才是真正的结果。也许等我再老些，就能接受日本人的美学观了——下山也是一种美，但现在我觉得没走到头的时候是最好的。

人的一生都是偶然。演《霸王别姬》我没得奖，演完《活着》，天时地利人和都该我得了，就得了。如果当时有什么别的戏出彩，也就没我的份了。

20世纪90年代，人们不把那些高大全的人物当回事了，都想看到活生生的人。我有平民色彩，不虚伪。那时，中国人开始需要大批量的幽默，不想进电影院受教育。我代表了那时人们的心态：比较放松，比较乐观，也比较普通。谁也别想教育谁，大家都是平等的。那时经济发展，过去很多牢笼式的观念被打破。大家忽然发现，不是只有那些长得好看的、说得好听的人才重要，其实我们每个人都很重要。连葛优都能上屏幕，谁不能呢？

比起一些偶像明星，我觉得特坦然。我不怕年华老去，不用和一些无聊的记者打游击，不用为了曝光率没事找事。我一是不想当老百姓的对立面，二是我也当不上，三是当上的代价太大，活着该有多累！

其实我最想做的事情是一个人待着。有朋友一拿起书，看两行字就晕了，我不至于那样，每天至少要看十几个剧本吧。我觉得还不够静，还不够让我拿起一本书就放不下，周围总有好多事干扰我。

我也爱热闹。比如喝点儿酒、聊聊天，没有什么利益关系的。我是最不怕听人说的，只要对方能侃，我就可以一直听他说下去，所以朋友爱找我喝酒。我最爱扮演的角色就是观众。每次喝酒，我说话很少，更多是看朋友耍贫。

我总是矛盾着，又想热闹又想静，是不是有点儿矫情？

(摘自《读者》2014年第21期)

也说老规矩
辛酉生

20 世纪 90 年代，北京地铁广播除了"先下后上""看管好随身财物"外，还有一条："请不要跷二郎腿。"现在地铁里已经没这条提示了，早晚高峰时总有些人，戴着耳机跷着腿，一边摇头晃脑，一边颠蹬得不亦乐乎。至于是不是蹭了别人裤子，是不是占了地方，他就不管了。

像这样的规矩北京还有不少，其中吃饭的规矩最多。《四世同堂》里写大赤包喝汤使劲吸溜，这就没规矩。老北京的规矩，除了不能吸溜还不能吧唧嘴，老北京人说这叫贫气。再有，吃饭不能敲碗边，敲碗边是要饭的。筷子不能戳在碗里，筷子戳在碗里，碗就成了香炉。夹菜要夹面儿上的不能抄底（所谓可以骑马夹不能抬轿夹），一盘菜不能连着夹三次，夹菜要夹自己跟前的，不能夹别人跟前的，不能跟没吃过饭一样。上饭馆吃饭，拿起桌上茶壶倒水，倒完，壶嘴不能对着别人。壶嘴对人，等于用手指头指人，不礼貌。

当年在饭馆吃饭敲碗边是对伙计不满意。梁实秋先生回忆，他小时候有次随父外出吃饭，小孩无聊拿筷子敲碗边。他父亲马上制止，说这是骂伙计。不一会儿就看见给他们服务的伙计，背着铺盖卷儿从面前走出去了。当然一会儿伙计还会从后门回来，但要做给客人看。这是当年饭馆的规矩，算得上顾客是上帝的最佳注脚。其他如同仁堂"修合无人见，存心有天知。品味虽贵，必不敢减物力；炮制虽繁，必不敢省人工"是旧时商人的规矩。

吃饭我吧唧嘴怎么了，我吸溜怎么了，我敲打碗边怎么了，我爱吃哪盘吃哪盘怎么了，爱吃几口吃几口怎么了，碍着谁了？为什么老规矩不允许这样做？因为我们不肯把自己放在贫气的位置。这种自律包含的是自尊，是自己瞧得起自己。不要因为我跷腿弄脏别人裤子，不要因为我大声说话影响别人，懂得使用敬语，懂得商业道德，不让自己的行为损害别人。这是老规矩教给我们的自尊和对他人的尊重。

（摘自《读者》2015 年第 10 期）

要偷就偷闲

赵世坚

文章题目是说偷闲，先说忙。现在，谁不忙啊？国家忙于改革建设，人们忙于工作，百钱待挣，学生忙于考试，百分待得。忙是现代社会的特色，匆忙、慌忙、忙碌、忙乱、瞎忙、帮忙等词，使用率极大提高。然而，悠闲、闲适、闲散、闲情等词已像古董。是的，忙，是90年代最集中的概括和反映。

当你需要一种东西又不能正常得到，那就只好去偷了，比如闲；偷闲不犯法，不光不碍道德，还表明你的修养呢。声乐中"偷气"是一种高级换气技巧，生活中偷笑是独享的甜蜜，"闷得蜜"。能和"偷"连起来的事不少，唯属偷闲最美好。

偷闲，就是偷时间。当然是偷自己的时间（老偷别人的时间可能比谋财害命更甚）；你放心，即便你忙得是一个时间的穷光蛋，只要你偷意坚韧，早晚能成一个优美的盗者。

偷来的闲，当然是玩的时间。时间用来玩，不算浪费么——还是怀着盗宝之心偷来的时间，似乎应该用在更有意义的方面。这种观点在现代一些学者眼中已是狭旧的了；就算人生的大意义是劳动和创造，但若不辅以小意义上的娱乐、消遣、休闲，其大意义就显得太没有目的性了；是为了劳动而劳动，还是为了享受而劳动；是光栽树不乘凉，还是也饮水也开源，这似乎关系到人生观的大问题了。比如，你都心疼自己的亲朋、甚至善良的陌生人，但他只知奉献和牺牲，你当然希望他也有时间玩玩乐乐、歇歇闲闲。如果你没有这种同情心，那你几乎就算惨无人道了。我们不光希望"好人一生平安"，也祝愿"好人一生有乐"。

有忙有闲，有劳有逸，才是合情合理的人生。忙中偷闲、劳中取逸，创造的乐趣与享受的愉悦对于人生，应该相映生辉。

未来人怎样才算幸福呢？若只是车以代步，肉以代粮，电以代脑，程序以代随意，理智以代感情，精严以代疏松；并且，钟表不光指示时间而且还规定你的业余行动，按时间去玩，按时间去谈情说爱，按时间去读小说去听音乐，按时间去喝茶干杯，等等，如此幸福是否有些像机器人？届时，你想偷闲无奈时间严密如法律了。

现在偷闲还来得及，如果人人都有偷闲的想法和行动，和社会的关系会渐渐形成一种微妙的气氛，也会影响时代的列车多多留恋窗外的风景，免得"匆匆忙忙，来不及感受。"

闲，已经算玩了——如果你的心是玩味状态的话。好像是亚历山大东征凯旋后去会一个叫第欧根尼的哲学家，问：我可以为您做点什么吗？那泡在浴桶中的哲学家说：可以，请你躲开些，别挡住正照着我的阳光。的确，越是从事文化劳动的人，越需要闲，越需要有"待着的"时间。几个月内，平均每天都作画或写诗达十五六小时的人，我们不知其作品能进何种艺术殿堂，只知其本人定会进医院的。

闲适和玩味，在有的人那里不仅是闲和玩，而是一种哲学观了，他们玩味人生的大意义，以闲适的内心对待匆忙的时代，其低级者算游戏人生，其得道者怕是在体察探究人与自然的关系吧？不敢肯定。因为人类的思想还没发达到透悟一切的程度，一直在摸索，走过了无数岔路。但也许正像弗罗斯特说的：也许多少年后在某个地方，我将轻声叹息将往事回顾，一片树林里分出两条路——而我选了人迹更少的一条，从此决定我一生的道路。

有的人已开始反思：人类是应追求简朴而闲适的幸福，还是应夺取丰繁而忙碌的幸福。换算成一个俗话是：散步之后粗茶淡饭，还是急跑之后肥鱼美肉？真不知哪条路更适合人类，鲁迅讲过："地上本没有路，走的人多了，也便成了路。"可惜他没说，走的人多了的路是不是最好的路。

不管走哪条路，人也总得打歇，除了睡觉这种"死歇"。你若不会歇不会闲不会玩，等于自己剥夺自己的权利和自由，扼杀自己的本能，至少是活得太累，也等于妨碍你的事业。

现代有一口号：干要痛快，玩也要痛快。比如工作之余去卡拉OK痛快一场，去游乐园过瘾。其实这种痛快的玩法，是太年轻太鲁莽的玩法，不过是"玩海"中哗哗作响的浪花，离大海的底蕴还挺有距离呢。

擅闲者，会玩者，并不去求玩得痛快，他们往往玩得从容，情趣如云；玩得平淡，味道自得；玩得朴素，丰富于心。在他们那里，什么都像玩：茶聚酒会，郊野徜徉，卧听风雨，烹调小菜，吟半首古词，读几页小说，甚至藤架下的似睡非睡，与友人的半争不争，总之玩法纷纭难以道全。擅玩者至少都会偷闲，其技不次于那个著名的"庖丁"。再忙，再没玩的东西，也会玩得类似那把解牛小刀：恢恢乎其游刃必有余地矣。

（摘自《读者》1994年第12期）

爱的回音壁
毕淑敏

现今中年以下的夫妻，几乎都是一个孩子，关爱之心，大概达到中国有史以来的最高值。家的感情像个苹果，姐妹兄弟多了，就会分成好几瓣。若是千亩一苗，孩子在父母的乾坤里，便独步天下了。

在前所未有的爱意中浸泡的孩子，是否物有所值，感到莫大幸福？我好奇地问过。孩子们撇嘴说，不，没觉着谁爱我们。

我大惊，循循善诱道，你看，妈妈工作那么忙，还要给你洗衣做饭，爸爸在外面挣钱养家，多不容易！他们多么爱你们啊……

孩子很漠然地说，那算什么呀！谁让他们当了爸爸妈妈呢？也不能白当啊，他们应该的。我以后做了爸爸妈妈也会这样。这难道就是爱吗？爱也太平常了！

我震住了。一个不懂得爱的孩子，就像不会呼吸的鱼，出了家族的水箱，在干燥的社会上，他不爱人，也不自爱，必将焦渴而死。

可是，你怎样让由你一手哺育长大的孩子，懂得什么是爱呢？从他的眼睛接受第一缕光线时，已被无微不至的呵护包绕，早已对关照体贴熟视无睹。生物学上有一条规律，当某种物质过于浓烈时，感觉迅速迟钝麻痹。

如果把爱定位于关怀，随着孩子年龄的增长，对他的看顾渐次减少，孩子就会抱怨爱的衰减。"爱就是照料"这个简陋的命题，把许多成人和孩子一同领入误区。

寒霜陡降也能使人感悟幸福，比如父母离异或是早逝。但它是灾变的副产品，带着天力人力难违的僵冷。孩子虽然在追忆中，明白了什么是被爱，那却是一间正常人家不愿走进的课堂。

孩子降生人间，原应一手承接爱的乳汁，一手播洒爱的甘霖，爱是一本收支平衡的账簿。可惜从一开始，成人就间不容发地倾注了所有爱的储备，劈头盖脸砸下，把孩子的一只手塞得太满。全是收入，没有支出，爱沉淀着，淤积着，从神奇化为腐朽，反让孩子成了无法感知爱意的精神残疾。

我又问一群孩子，那你们什么时候感到别人是爱你的呢？

没指望得到像样的回答。一个成人都争执不休的问题，孩子能懂多少？比如你问一位热恋中的女人，何时感受被男友所爱？回答一定光怪陆离。

没想到孩子的答案晴朗坚定。

我帮妈妈买醋来着。她看我没打了瓶子，也没洒了醋，就说，闺女能帮妈干活了……我特高兴，从那会儿，我知道她是爱我的。翘翘辫女孩说。

我爸下班回来，我给他倒了一杯水，因为我们刚在幼儿园里学了一首歌，词里说的是给妈妈倒水，可我妈还没回来呢，我就先给我爸倒了。我爸只说了一句，好儿子……就流泪了。从那次起，我知道他是爱我的。光头小男孩说。

我给我奶奶耳朵上夹了一朵花，要是别人，她才不让呢，马上就得揪下来。可我插的，她一直带着，见着人就说，看，这是我孙女打扮我呢……我知道她最爱我了……另一个女孩说。

我大大地惊异了。讶然这些事的碎小和孩子铁的逻辑。更感动他们谈论时的郑重神气和结论的斩钉截铁。爱与被爱高度简化了，统一了。孩子在被他人需要时，感觉到了一个幼小生命的意义。成人注视并强调了这种价值，他们就感悟到深深的爱意，在尝试给予的同时，他们懂得了什么是接受。爱是一面辽阔光滑的回音壁，微小的爱意反复回响着，折射着，变成巨大的轰鸣。当付出的爱被隆重接受并珍藏时，孩子终于强烈地感觉到了被爱的尊贵与神圣。

　　被太多的爱压得麻木，腾不出左手的孩子，只得用右手，完成给予和领悟爱的双重任务。

　　天下的父母，如果你爱孩子，一定让他从力所能及的时候，开始爱你和周围的人。这绝非成人的自私，而是为孩子一世着想的远见。不要抱怨孩子天生无爱，爱与被爱是铁杵成针百年树人的本领，就像走路一样，需反复练习，才会举步如飞。

　　如果把孩子在无边无际的爱里泡得口眼翻白，早早剥夺了他感知爱的能力，育出一个爱的低能儿，即使不算弥天大错，也是成人权力的滥施，或许要遭天谴的。

　　在爱中领略被爱，会有加倍的丰收。孩子渐渐长大，一个爱自己爱世界爱人类也爱自然的青年，便喷薄欲出了。

（摘自《光明日报》1998年2月21日）

父亲的绿色逻辑

申立名

  我是农民,我父亲当然也是。

  我自小就跟着父亲干活,很多农活都是在父亲的言传身教中学的。至今仍觉惭愧的是学得不太好。比如,一看到田地里总也捡拾不完的那些大大小小的石头,我不仅常生厌烦之心,还有几分悲观和绝望。每当看到父亲不断地弯腰躬身去捡拾那一块块数不清的石头,总觉得父亲的行为有几分悲壮甚或有几分可怜。无论是春耕、夏锄、秋收,还是冬天往地里积肥,望着那似乎越捡越多的石头,我总是无端地烦躁,无由地叹气。每见此,父亲总是恨铁不成钢地对我横眉竖眼:"不是地里长了石头,而是心里长了石头。多拾一块石头,就多生一份绿色。"

  再者,对那一片一片"野火烧不尽,春风吹又生"的野草,我总是在心里又急又气,既愤又恨地责怪它们抢了属于庄稼那本就不多的养料,争了它们不该享用的养分。一见我对草有愤愤不平的神色或举动,父亲也会用满是心疼和惋惜的口吻轻言细语："那些绿绿的草啊，命不好，它们走错了地方。"

我生于山，长于山，却又怨恨并迁怒于山。怨它们挡住了我们的视线和阳光，恨它们无法给予我们智慧的灵光和飞翔的翅膀。因此，对父亲除了在田里侍弄那一棵棵绿色的秧苗外，就去侍弄那一株株幼小的绿色之树，感到不可思议。对他的那份虔诚和执着，总认为是一种不可理喻的迂腐甚至是愚蠢。我心里总不住地嘀嘀咕咕："那么大的坡，那么多的山何时能栽满？即使栽满又能如何？"而父亲常粗声粗气地训斥我："亏你还念了那么多的书，我看是白念了，你就不知道多栽活一棵树，就等于多栽活了十棵、百棵树！能成就一片绿，就等于成就了十片、百片绿！那一棵棵的树，不也会子生孙，孙生子，子子孙孙，孙孙子子，生生不息！"

父亲没念过几天书，马马虎虎能识得几个字，而对他自己姓名的熟稔程度，谁也哄不得。我从小念书的兴趣，多源于他的启蒙和督促。比如，我学会的第一个字不是汉字"一"，而是从那个既像镰刀又像锄头的数字"7"开始的，那是父亲教会的。他最喜欢看我摇头晃脑或正襟危坐地念"锄禾日当午……"。每次念书或写字前，他都要看看我的小手脏不脏，小脸净不净。如脏了，那是定要洗过手脸才能行的。尽管水是那么来之不易，是父亲一步一步从深深的沟底挑上来的。至于我念的是对还是错，他不管，只要他认为你是在好好地用功就行。也为此，他总能不惜赔笑脸、说好话、出力气，千方百计地为我换回一本本大大小小有图画或没图画的书。虽然也有许多对我来说不太适合或根本没用的书，但父亲不知道，他也不管那么多。反正在他的脑海里只要是书，就是好东西，也就对我都有用，即使现在用不上，将来总会用上。但父亲性情直爽，脾气暴烈，倘若发现我念书不够用功，不仅深恶痛绝，也定要严惩不贷。而幼时我挨父亲的痛打甚至是暴打，在三乡五里是非常有名的。

也因为让我读好书，父亲倾尽全力，几乎把他的血汗都洒在这上面了。家里除了有些书外，可以说是一穷二白。当时，也有许多好心人去我家做父亲的工作："你傻了似的总给儿子弄书，有什么用？不如让他早出去搞搞副业学学手艺。"

每逢此类的劝说，本就言语不多的父亲会更加沉默，常让劝的人脸面挂不住。有人对此非常不解，常追问父亲。问得急了，脾气急躁的父亲也会慢声细语："公说公有理，婆说婆有理，我不管他说东、你说西，反正我知道人就像那山一样，能多栽一棵树，就比少栽一棵树强吧！能多念一本书，总比少念一本书强吧！"现在，远离家乡的我，能在这座大都市里有自己谋生的一小块位置，除了得益于众人对我的倍加关爱和热心提携外，更是父亲肩扛背驮的那一本本书，给了我不尽的熏染和营养。至少有一点可以肯定，我是踩在父亲的肩膀上慢慢站起的。而今，诚惶诚恐的我不仅在无怨无悔地涂涂抹抹着一个叫作"绿色"的工作，也在如履薄冰地行使着一个可称之为"绿色"的职责。倘若不够尽心尽责，我知道眼里容不得沙子的父亲，依然会穿越遥远的地域，给我警示般的咳嗽，甚至劈头盖脸地训斥、责骂。因为父亲至今仍有固若泰山的"理论"：人不打不成器，树不剪不成材。

相比之下，父亲所做的无论是种田还是栽树，就是比我好得多。因为他和乡亲们现在不仅每天都在充实着他们的绿色，也在欣赏着他们的绿色。

那一座座的山，被绿色装扮得娇娆多姿。树林间，父亲可以和这棵树唠唠嗑，也能与那片林拉拉家常，但总不忘与树林间跃动着的松鼠、飞舞着的小鸟打声招呼。饿了，摘几只树上的果实充充饥；渴了，喝几口淙淙流淌的泉水解解渴；困了，倚着结实而阴凉的大树打打盹儿；高兴了，也可哼几首山曲儿、唱几支山歌亮亮嗓子。

在父亲的眼里，他千辛万苦换来的绿色，不仅是童话的自由王国，也是现实的美好乐园。因为这山、这岭、这树、这林，已成为生活在这里的乡亲们最好的绿色屏障和绿色源泉。他们不仅能呼吸清新的空气，饱饮清澈的泉水，也能享用绿色的庄稼。他们日渐殷实的美好生活与幸福日子，也时时被浓浓的绿色充实着，书写着。

(摘自《读者》2004年第5期)

麦黄风

徐　迅

麦子在四月的皖河两岸，是最为金黄明丽的植物了。这种庄稼使南方的土地和粮食变得异常的生动和丰富多彩。直到现在我还非常奇怪，以稻米为主食的皖河两岸，在稻子黄熟的时候，乡亲们对一阵紧似一阵、将稻穗染黄的风儿熟视无睹，偏偏把麦子成熟时刮来的风叫作"麦黄风"呢？

说也奇怪，在麦子成熟的季节，真的就有那么一阵风刮过来。那风被太阳镀上了一层古铜色，夹杂着皖河水的一丝清凉气息。株株麦穗整整齐齐地伸展在天空下，如一把把麦寻，将天空打扫得异常的蔚蓝和明亮（不像稻子成熟时稻穗低垂）。在皖河边隐约可见的丘陵上，一块麦田就像一块金黄的烙饼，蒸腾着一种让人口角流涎的味道。乡亲们割完麦子，立即就将麦子在太阳下一粒粒碾了扬净，然后送进磨坊磨成白花花的面粉，用来做粑和扯成挂面，偶尔在吃腻了米饭的间隙，调节调节口味。

磨坊和挂面坊就是皖河岸边最富有激情和意味的风景了。乡亲们大箩小箩地将麦子晒干送进磨坊。磨坊里的磨子一律都是石头做的，很圆、很大。大多数的时候，要两个人才能推动它，还要有一个人将麦子一抔一抔地撒进磨眼里。或者就用牛拉磨，牛眼睛上蒙了一块黑布，人在一旁呵斥着，牛就围着磨子一遍又一遍地转圈儿。面粉磨成后，乡亲们很快又将它送进挂面坊里。皖河岸边的挂面坊有多少，我已记不清楚了。但有一点我印象深刻，那就是一到麦黄季节，所有的挂面坊里都忙得热火朝天。扯面的师傅在晴天丽日里将那扯面的架子端到外面，架子照例是木头做的两根柱子，中间几根杠子上钻了一排排的小孔，白色的、细线般的面条被两根竹棍拉扯得很长，紧绷绷的，远远望着，像是晒着一匹匹白老布。当然，在乡亲们的眼里，挂面就是挂面，是用来招待客人的。皖河两边，对待尊贵客人的最高礼遇，就是"挂面鸡蛋"——这与乡亲们喜欢叫"麦黄风"似乎并无内在的关联。

"挂面"在皖河边不叫"面条"，更不像在北方，还有"大宽、二宽、粗面、细面"之分。这里招待客人的程序是：先端上一碗挂面鸡蛋，然后"正餐"还是用米饭，大鱼大肉的，还有酒。"挂面"含有一种祝福长寿、长久的意思。由于这个，扯挂面的师傅在这里就特别受人尊重，有点"技"高望重的意思。我有一个姨婆，还有一位邻居，家里都是扯挂面的。我看他们扯挂面很有讲究：面粉先用水发酵，水要恰到好处，发酵后师傅用手翻着、揉着，揉得满头大汗，汗珠子甚而就掉进面里。但乡亲们并不介意，说"不干不净，吃了没病"。说来奇怪，面粉在师傅手里，就那么揉、捶、打、拉、扯几下，就如一根根丝线了。师傅们将那"线"儿款款摆弄出来，晒在太阳下，同时还晾晒着一份得意和自豪。

我家由于有了上述那层关系，麦子熟了的时候，想吃挂面就非常方便，用钱买或者用麦子换都行。要是人家盖新屋，那屋正上梁的时候，乡亲们都会蒸上一点米粑，称上几斤挂面，然后搭块红布送过去。

后来，出现一种专门磨粉制面的机子。在皖河两岸，要是那机子昼夜不停地响，磨出白花花的面粉，一定是刮麦黄风的季节。

(摘自《中华活页文选（初一年级）》2011年第5期)

你打电话的样子

王晓莉

有段时间打电话回父母家,接电话的总是父母。不像以前,只要电话一通,那头响起的总是弟弟年轻而急切的声音,仿佛他永远有等不完的电话似的。那时每次回家,我总会听到心疼电话费的父母半真半假地向我抱怨说:不晓得他哪来那么多电话。

那时弟弟在家总有一半时间和电话在一起,不是打就是接。他的朋友男男女女,三教九流,奇怪的多而杂。简直令我羡慕又妒忌。有时我推开他的房间门,里面烟雾弥漫。在雾蒙蒙的一片里,弟弟总是斜靠着沙发,抱着他心爱的电话喊喊切切说话的样子,给我留下了深刻印象。我知道,那是他人生最快乐、真实的一个侧面。

而这样代表性的镜头已有多日不见了。因为遭遇着几乎所有年轻人都会遇到的那些挫折,弟弟已经消沉许久,懒怠度日,连电话也不去摸了。

我总是希望,这样的时间不会持续太久,有一天我耳边响起的还会是熟悉的属于弟弟的声音。

我非常相信，一个人对电话的态度——是敬而远之还是趋之若鹜；是卷叠起心灵的触须，还是延伸他心灵的"互联网"——一定程度上正表明着他的开放或封闭。

而一个人打电话的那个看似简单的样子，其实轻易地就泄露了他丰厚的内心。

先说父亲吧。父亲是一个非常热爱电话的人——这可以从他的电话本说起。他的电话本子每过一段时间（大约3个月）要重新抄写、整理一遍，用大信纸、大号的字体誊得清清楚楚，并且分门别类。计有：亲属、邻居、朋友……以及煤气站、家政中心、××维修部等几十大类。另有"捕鸟的小余"、"观鸟林老板"、"永修养蜂人老王"等一些非常另类的名字符号。这些人与父亲情投意合却与我们家毫无瓜葛，我多少能够感觉到他们应该是一些有趣的人，却始终只能停留在猜想的阶段。

可以说这是非常值得一读的一本"书"。每次回家我都捧着它爱不释手。

父亲打电话，必定先搬一张高脚凳子坐下，清理好嗓子，然后开始拨号——他采取的都是一种要长谈的姿势：时而手撑茶几面，像一个公司领导在做报告；时而又双膝抵住茶几脚，完全是与一个老朋友促膝谈心。

而父亲打电话的时间也的确够长。有时刚开始吃饭，他走去接一个电话；等他回来时，往往是，母亲已经在开始收拾厨房的洗碗池了。

我站在父亲的身后，常常很恍惚，且感到丝丝缕缕的伤怀。他打电话的背影非常瘦削，他这个年纪该长出来的肉，在他身上却一点也没有"储存"。透过那件棕色羊毛开衫，我甚至可以感觉到他骨头的硬度。

我不知道父亲怎么会有那么多话要对别人说。也许任何一个走进暮年的人，都有写回忆录的倾向。而一个像我父亲这样的人，平凡却又充满生之快乐与哀痛，他悲欣交集的回忆录，就只有分期分批地记录在一根绵长的电话线上。

母亲与父亲刚好相反。她打电话从来不坐，只是站在那里，身子与电话机构成一个45度角，侧向着我们。好像随时关注着家里正在进行的一切事情，随时要长话短说，从电话边离开。

　　只有我们几个子女知道，即使母亲从来不言说过去生活的窘迫与艰辛，她打电话的样子也已经泄露了秘密，呈现出了生活加于她身上的某种惯性：她总是牵挂着电话费的增长。在她的理解里，似乎每说一句话，就又加收了三五毛。

　　就像一个惜钱的人坐出租车，他的视线很难从计价器上移开。可以说，连一根绳子、一个塑料袋也不舍得轻易丢弃的母亲，她很难畅快淋漓地在电话里长久地倾吐一回心声。

　　我们都懂得这一点。每次，母亲的电话来了，如果时间一长，我们总会说："妈，你放掉。我打过去。"

　　生活的蛛丝马迹在母亲打电话的样子里就这样被我侦破。静静地回味这场面，我总是有些心酸。

　　与此相比，我当然更愿意从一个人打电话时露出的甜蜜样子里侦破到"爱情"二字。那就好像看一部爱情故事片的段落，考验着也培训着你的想象力。爱，总是令人激动。血液，也开始流动得快了起来。

　　楼下是一个文艺学校的宿舍。有时，在飘着饭菜香的黄昏，窗下会出现那些只有十五六岁却已早熟的文艺少年，额前染了一绺黄发，一条肥大的裤子白天可以令他在街舞中飞扬跋扈。他用从大人那儿临时偷来的手机约会着一个小女生："出来一下子。就一下子。别笑。别告诉你妈。就说两句话，好不好？"都是祈使句或者问句，简短的，没有把握的，然而迫切地想要被对方接受。

　　男孩子一只手捏着手机，另一只手在墙上凭空涂画什么，而脚也不停地在移动着。整个人依然像一个贪玩的有多动症的孩子。我从窗口看一眼，又缩回头，唯恐惊动了他打电话的这个样子。

最容易被惊动的，还有这一个年纪，这一个莫名悸动的青春。

几乎所有的爱，都这样与电话有关。我自己的，也是。甚至可以说，爱是被电话俘虏的。那时候所爱的人在一个遥远的海滨城市，借住在朋友的房子里。每到晚上，一定要等到对方的电话才放心地睡得着。有时电话一直打下去，直到黎明，听到他那个穿皮鞋跑步的朋友在楼外喊他去锻炼、吃早餐，我们才结束通话。到了月底，他去邮局交话费，回来他告诉我，那个月的长话打了一千多块钱。迄今为止，这仍是我们记忆中最奢华的细节。有时两人吵嘴，想起那些暗夜里两人打电话的样子，心甘情愿地熬着通宵，说着现在一句也记不起的傻话，心就会一直地软下来。两人间的战争亦偃旗息鼓。

我的一个女友恋爱失败多年，和她男友昔日的柔情早已无存。她却总是记得这样一个细节：两人第一次见面时，她站着打一个电话，他转身去搬了一张凳子给她坐。那一刻她感到这是一个很细心体贴的男人。她爱上了他。

是的，当爱人打电话时，去为他送上一张凳子。然后你可以隔着一段亲密的距离，静静地看他打电话的样子。

(摘自《雨花》2003年第12期)

妻子和土地
李克山

小村那片肥沃的土地蕴蓄着美好的希冀，妻在这片土地上度过了三十几个春秋。从妇女队长到普通农民，从英姿飒爽到饱经风霜……妻洒给它多少晶莹的汗水，对它有着多少甜蜜的期盼！

妻承包了十几亩责任田。记得分地那天，妻双眸闪着光亮，说话的声音格外有劲儿。她叫我为她砍了一堆尺把长的小木橛儿，然后从锅里抓出两个热馒头，带上那些小木橛儿，边吃边单手骑车朝村外飞去。

没过几天，秋耕种麦开始，拖拉机冲开地与地的界线，把我家地边的小木橛儿给耕丢了，我心里焦急，担心找不到原来的地边儿；而妻却笑而不语，很快把被土浪拥到一边的小木橛儿又准确无误地楔回原处。原来，凡地界处妻都前后楔了两个橛儿：前是"明橛儿"，橛头儿露出地面；后为"暗橛儿"，橛头儿隐在土里。妻很诡秘地告诉我，这么做既能避免丢橛儿，又能防止为此而与地邻闹纠纷。

承包土地的头一年，空前的大丰收给我家和许多承包户带来莫大喜悦。夏粮我家收两千多公斤，秋粮可就难以计算了——金黄的玉米、紫红的高粱、雪白的棉花、蘑菇帽似的葵花头……把空阔的小院堆得满满的。

一次，我帮妻去给晚玉米施肥，我提着装化肥的小塑料桶儿一把把往垄沟儿里撒，妻骑着垄沟用大镐左一下右一下地往苗的根部搂土。正当我们累得冒汗时，忽然吹来一股凉风，我抬头一看，只见西边天上飘来一片浓黑的云，云脚很低。一声响雷过后，那浓云便抖落下无数条雨丝。"东边日出西边雨"，被阳光照得银亮的雨丝不住地往绿野里洒落，幻化出一个无比奇异的童话世界！一簇簇浓云向我们涌来，田里的人都快跑光了，妻却连头也没抬一抬，手里的大镐依旧翻飞。她见我停了撒肥，急火火地说："快干呀！把肥撒完下雨好吃上劲儿。"我重新提起化肥桶儿干起来。

风紧雨骤，突然，妻焦急地自语道："坏了，跑水了！"我顺妻的目光看去，只见地埂上有个小豁口儿，地里的水正往沟渠里流。我说："那有什么要紧。"妻说："肥力会顺水跑掉的！"

只见妻在渠沟里转着身子用脚踩起"蘑菇"来，一个泥蘑菇踩成，她便双手伸入水中把它掐起，奔向地埂豁口处。一转眼工夫，她就踩了四五个泥蘑菇，当我想去帮她时，那小豁口儿早给牢牢地堵死了。

岁月与辛劳摧毁了妻的容颜与健康，她头上添了白发，脸上多了皱纹，同时患了高血压。而我只在节假日才能帮妻干一点农活儿，因此对她总有些愧意，有时还真愿听听她的牢骚和抱怨，那是在她农活儿堆手或身体不适的时候："唉，这该死的地呀，我算种够了！"

然而，当妻子农转非、土地交回、小毛驴卖掉，妻子同我搬进城里的楼房后，她脸上总有点儿忧郁茫然的表情。我想：一定是乡情太重和一时不习惯城里生活的缘故。后来我发现，当有人偶尔提到家乡那些她曾经种过的土地时，她的脸上就立刻明朗起来，很快流露出过去常见的那种笑容与欢快。后来我还发现，每当她回家乡路过她原先种过的土地时，就放慢车速，两眼不住地往田里看。一次,她居然下车钻进一块有些荒芜的玉米地里,拔一抱草出来,嘴里不住叹念:"唉,怎么叫地荒成这个样子!"心里充满惋惜与不平,俨然她仍是这块地的主人……

(摘自《散文》1998 年第 8 期)

山外有高楼
黄 斌

　　故乡很穷，家里更穷，这就注定了我闯荡的生涯。

　　我第一次告别家门，是在五年前一个漆黑的夜晚。那天满脸疲惫的父亲把我叫到煤油灯前，说："斌儿，听说河南新乡市有许多煤矿缺人，隔壁的陈锁柱他们准备去那里打工，你是不是也去？"他的语气是询问，但他眸子里却隐藏着企盼。望着父亲灯光中过早花白的头发，我咬咬牙说："我去。"

　　其实，我并不愿意离开生我养我的家。我不知道等待我的是什么，心里一直空落落的。夜里，我睡不着觉，悄悄推开门，来到小河边。天空悬挂着一轮明月，可我却觉得这是我印象中最黑暗的一夜。

　　那一年，我刚满17岁。

　　来到新乡市，我才知道世上还有这么高的楼，还有这么平坦的路。我很想到灯红酒绿的地方玩一玩。可我没钱。对我来说，它永远是一种不可面对的诱惑。

矿工的日子很苦，劳动量很大。我稚嫩的肩、纤弱的手很快就起了一串血泡，很痛。然而我却很高兴，因为我终于可以挣钱养活自己了。

领工资的那一天，我捧着花花绿绿的票子激动得双手颤抖如秋天的黄叶……

陈锁柱死了，他死在倒塌的煤窑里。把他的尸体挖出来的时候，已经分辨不出哪是鼻子哪是眼睛，我们看见的只是一具血肉模糊的尸体。

矿上给了他家八千元抚恤金。同他的骨灰一起回到家乡的还有活着的我们。这次偶发的事故吓坏了民工们远在千里之外的父母。我的母亲接我回去的时候，嘴里不停地念叨："不干了，不干了，给多少钱也不干了！"

于是，我又回到那片熟悉的土地，我又看见了门前的长江水。江水依旧滔滔东去，一如往昔。

可是我却再也不是当年墨守成规的小伢子了。我变了，变得孤独忧郁，变得与大家难以相处。我常常在梦中看见一幢幢的高楼。我的心一阵骚动，连我自己都可以感觉出来。

终于有一天，我内心的烦躁像火山般爆发了。

那一天，小妹过11岁的生日。母亲捧出一盘黄灿灿的玉米面烙的饼，笑盈盈地说："这是给你做的生日蛋糕。"两个妹妹雀跃地扑过去，贪婪地大嚼起来。我看着她们可爱的吃相却直想哭。真的，我的眼泪差点掉在桌子上。

"你怎么不吃？"母亲惊异地问我。她的眼角藏着一丝忧郁。

我坐着没动，也没有回答。为什么不吃？因为我知道这不是蛋糕，城里的蛋糕要比这玉米饼美丽得多好吃得多。

可是，我怎么回答母亲的话呢？我敢肯定，她这一辈子都没有见过真正的蛋糕。家乡每家每户的孩子过生日都是吃这种"蛋糕"，大概在她心里早已烙下了"蛋糕=玉米饼"的概念。可是，我又怎能残忍地告诉她，这不是蛋糕！

"你怎么不吃？"母亲依然望着我，再一次疑惑地问。

我终于张开嘴。我只说了一句话："我要去山外。"

"山外有什么？鬼迷心窍了？"父亲恶狠狠地说，"难道你还想得到像陈锁柱一样的下场?"

母亲也惊呆了,她摸摸我的额头,颤声说:"孩子,该不是发烧说胡话吧?"

我慢慢地推开她老茧纵横的手,一字一句地说:"我要去山外!"

我知道山外是另一个世界,我更知道城市对家乡来说也是一个陌生的世界。知道这些就足够了,两者之间便是我应该走的路。

我不再打工。我用挖煤攒下的钱收购了一些香菇、银耳之类的土特产,这些东西在农村很不值钱,但到了城市却成了山珍。一时间,父亲骂,母亲哭,他们说我是败家子。我知道,他们是心疼那几个钱。然而,我没有回头,我又一次迈进了城市的大门。

三个月过去,我终于在不倦的往返奔波中赚到了一千元钱。这点钱对于城里人来说,也许是不屑一顾的,但是,在我们家乡的大山里,就因为我家不再为油盐酱醋发愁,我就成了乡亲们心目中的"大款"。

我知道我终究不是做生意的料,也绝不会成为"大款"。我只是想用自己的努力,来证明我也能换一种活法。

一年以后,我在县里租了一间门面,专门经营土特产。

小妹长大了,考上了县里的师范。她是我们村里唯一考上师范学校的人。大家都用羡慕的眼光望着我家,说:黄家真有福气,生了两个有出息的孩子。

我苦笑。其实任何一个人都能过上好日子,只要你胆大心细地去外面闯一闯。我脑袋并不比别人聪明,只是因为我敢闯罢了。

从我们村到汽车站有二十里山路。我送小妹走在崎岖的山路上时,她仰起脸来兴奋地问我:"哥,山外面有什么?"

山外有高楼,我说。

(摘自《读者》1998年第12期)

于千万人之中，你是匠人

何树青

无论你哪所大学毕业，无论你的工种和职称是什么，你身无匠心、手无技巧、提供不了精准、专业、享受式服务，你就不是匠人，而多半是个职场混子。

花钱买不到的艺术欣赏，就在菜市场。

市井草根，各守摊位。来往帮衬的，都是附近社区的居民。穿摊过档，讨价还价，再寻常不过的市民生活。

个中却有高手。光顾市场三四年，发现贩夫走卒中深藏两大匠人，一位是卖鱼仔，一位是收银妹。

卖鱼仔的鱼档在市场最深处，呈L型，四米见开，油腻湿滑，几十种鲜鱼与冻鱼在眼前铺着。档口有他，还有他的老板、亲戚，潮汕人做生意多是家族式，鱼档亦然。卖鱼仔年方二十，面貌如《唐山大兄》里的李小龙，却是瘦身版；在亚热带的广州，常年赤身穿着黑皮围裙，长手长脚地站着干活。有客买鱼，他并不多话，只是快手快脚地称斤两，然后给货，收钱。而客人一旦要求把鱼打理一下，这时，他就像变了一个人，拎起刀来，如有神助：

活鱼在他手上静止，冻鱼在他手上翻身。他抹了一下鱼肚，鱼肚开了。他以手贴刀轻抚鱼背，鱼鳞尽褪。他从鱼头中取物，从鱼腹中取物，如同把左手递给右手。他问你要不要斩成几段，你说要，他就切好——你基本上见不到斩的动作，听不到刀落砧板的重音，当然也完全不用因鱼的血肉四溅而躲闪，仿佛他只是劝鱼身们离别一小会儿。

若弄鱿鱼，无论这鱿鱼的价钱几何，光看他弄鱼的流程已值回鱼价：他把鱿鱼摊开，像抖开卷着的被筒来铺床；他像慢慢洗手似的，已完整地揭下了薄薄的几乎不可能不撕断的鱿鱼皮；他一边手舀净水洗去鱼涎，一边征询顾客的意见想怎么个切法；得到答案后，他以刀为笔，在鱿鱼身上"画画"，深浅、宽窄、图形皆如对方所愿；而鱿鱼的头与须，他已无声地刮了一遍——做了分解又保持原形。在他装袋递给过来时，一分钟也没花完。

这简直就是《庄子》书中文惠君眼前的庖丁解牛。买毕离开，扭头看他，他或者在为下一位客人服务，或者在偷空儿休息，烟已在嘴边，眼神虚空，那架势像极了美国纪实摄影大师尤金·史密斯镜头下的乡村医生。同一市场的卖鱼者还有十数家，但只看到交易和干活，看不到干活如享受、弄鱼如艺术的第二人了。

收银妹则一年四季站在菜市场底层的超市收银台前，也是二十岁上下，白衬衫牛仔裤，头发总是胡乱地扎起，露出深瞳高颊的清瘦样，从不带笑，连微笑也没有。她和她的两位经常变换打扮的同事每天要应付光顾这数百平方米超市的顾客。超市还内设一个平价菜场，引来无数住家师奶和爷爷奶奶。埋单时，三个收银台前总是排起长队。这时，白衬衫牛仔裤的收银妹充分证明了自己为什么不需要笑，因为她不是来卖笑的。

无论她眼前的队伍有多长，她总是最快消化。在顾客的耐心被挑战之前，已能往前挪几步。蔬菜小袋上横七竖八的标签，她只需要扫一眼，盲打的手就飞快地在键盘上输入价格。她把计过价的商品顺手递到顾客的环保袋边。她报出总价之后，在顾客拿钱算钱的当口，她已在为下一位顾客分类，为埋单做准备。她从不催促拿钱和找零慢的老年消费者，而是帮他们尽快把商品归类放齐。大部分情况下，是顾客在浪费时间，当然，她永不开口抱怨顾客。

我相信卖鱼仔和收银妹没有比同行受过额外的训练。他和她干着社会上最普通的工作，却显示出富于职业精神的匠人风范。他和她的收入不一定会比同行高，但仍然坚持比同行更高的服务素质。在不要求专业品质的行业角色中，他们是专业人士。

他们的匠人风范，是来自于卖油翁式的熟能生巧么？显然不是，熟能生巧只是一个低层次的要求，而匠人文化则包含了更高层次的内涵。其实中国自古就有这种职业传统美德，正因为如此，匠人令人肃然起敬。他们对工作一丝不苟，始终遵循"尺子最有发言权"这一准则，所谓"嗜之越笃，技巧越工"。

袁岳说，职业大典里有7000多种职业，其中18种职业会是10岁以前小孩子的理想，另外7000多种职业都是成年后将就做的。现在，2600万名农民工和700万名大学毕业生要找的工作，一定很难是孩童梦想的18种职业。他们要为生存（幸运的话，为兴趣）就业。而已就业的几亿中国人，工作态度与专业素质又如何呢？为铁饭碗而考试，为加薪和升职而跳槽，为房子车子和出人头地而焦虑，三者胜过了对专业的要求。无论你哪所大学毕业，无论你的工种和职称是什么，你身无匠心、手无技巧、提供不了精准、专业、享受式服务，你就不是匠人，而多半是个职场混子。

于千万人之中，你是匠人，这是比通过炒作暴得大名或通过钻营获得暴利，更令你具有社会价值和存在感的事。

在中国，就业一点也不难，只要于千万人之中，你是匠人。

（摘自《中国新闻周刊》2009年第23期）

我的电视梦

蓝 斌

"……长路漫漫，踏歌而行，回首望星辰，往事如烟云……"小时候，一听到电视剧《雪山飞狐》的主题曲，我就再也坐不住了……

记忆里的电视都是黑白的，信号也是模拟的，主家在房顶树一根杆子，绑住天线，屏幕上出现雪花时，就安排一个人上去扭动天线，等图像出来后，下面的人就喊"好了"或者"再往右，再往右"。

率先买电视的是我的玩伴酸奶家。因为他爸妈都是干部，所以也学城里人买了电视，放在大堂屋，平时用布盖好，到晚上才打开。我们屯没有电，酸奶爸隔三岔五便用"二八"自行车驮电瓶去乡里充电。

电视正前方，最好的观赏位置是酸奶家的，次好的是他们本家的，其他的人，去得早的可以坐条凳，去得晚的便都站着看。有几户人家时不时送些瓜果蔬菜给酸奶爸，也偶尔获得坐前排的优待。

有个闷热的夏夜，还没到八点，大家就已经聚集到酸奶家。每逢离八点还有一分钟的时刻,酸奶的姐姐就会在众人羡慕的目光中去接那电视与电瓶的连线。因为从未尝试过,所以我非常想感受一下用手触摸那接线时的神气感,于是,这天快到点时,我一个箭步跑过去就抢接上了,马上招来了一声呵斥:"咋这么皮,弄坏了咋办?"几乎同时,酸奶的姐姐朝我走来,扬手就给了我一巴掌。酸奶爸说了她几句,酸奶也急得直哭,母亲则不再吱声,拉着我走了。

往后,酸奶依然来我家玩耍,并唤我母亲为婶娘,但我和母亲从此再没去他家看过电视。如今,那曾经打过我的姑娘早已嫁为人妻、为人母亲了,如果她仍记得往事,她一定能体会渴望看电视的孩子的好奇心理,更能体会被打者母亲内心的酸楚。

没过一年,屯里大牛也买了电视,比酸奶家的更大更清晰。大牛为人热络,所以,去他家看电视的人特别多,我也每晚去他家看电视。

某天晚上,是孟飞版《雪山飞狐》的大结局,大牛家人山人海,像召开屯民会议一样。大牛忙前忙后,到各家借了七八条长凳,但依然有四五十人没位子坐。我因去得早,占了个靠前的位子,但很快就有位从未看过电视的爷爷过来了,我便让了座,与其他小孩一样挤在几乎与电视平行的侧面观看。

外边,萤火虫像流星一样飞舞,电视也播到了最紧要关头,"雪山飞狐"胡斐和"人面佛"苗人凤刀剑往来,决一死战。所有的人都屏住呼吸,等待结局的到来。忽然,苗人凤兔起鹘落,飞身半空,剑锋直指胡斐咽喉,那距离只差一点点了……

没想到"呼"一声,雪花布满屏幕。大伙一愣,没反应过来,再细看,原来不知是谁无意推搡,我一下撞到了天线杆上!

大牛赶忙调整天线,但左摇摇右摆摆,弄了半天,屏幕才再次清晰起来。这时,片尾曲已经播完了。

所有在场者的目光都集中到我身上。我不知道自己是如何度过那一刻、那一晚,甚至那个暑假的。尽管大牛对于我的过失给予极大的宽容,还劝慰说像《雪山飞狐》这么好的剧目以后一定会重播的，但依然不能减轻我的自责。

第二天一大早，所有的男女老少，赶集的，走亲戚的，故人碰面的，都彼此打听苗人凤那一剑到底砍下去没有。传出的答案林林总总，莫衷一是。有些老人讲，如果能知道真正的结局，就没有什么遗憾了。每听到这样的讨论，我就觉得自己的过失难再弥补。

唉，什么时候我家也能有台电视呢？

如果我家有电视，我一定像大牛那样，不，我要比大牛更好，我要把我家的电视放在大院里，让全屯人，不管是谁，都可以来我家看电视，没有任何惶恐，就像待在自己家一样。

这就是我儿时的梦想，这个梦想在童年的记忆里坚不可摧。

但二十年过去了，依然没能兑现，我家反倒成为屯里唯一没有电视的。原因很简单，最初是哥哥患了病，之后是我读大学，都要花钱。每次提起此事，爸就说："再等等吧。"

那年冬天，年近六旬的爸妈日夜在自家承包的泥鳅地里操劳，要过冬了，必须及时把两万条鳅苗移到棚内，呵护好了，才能确保来年的收成。

经过一冬的努力，两万条泥鳅换来了雪花大银，爸爸把大腿一拍，下狠心用这"泥鳅钱"买了彩电。我凝视着这彩电，万千思绪涌上心头。妈妈像是完全懂得我的心事，赶忙递来了刚出锅的蒸饺……

十几年过去了，这台电视就像一位老友一样陪伴着我们度过了在农村时的岁月。我们所钟爱的许文强、程灵素、胡一刀、安大傻等人，就是在这台老电视上反复观看的。到城里居住后，爸妈很坚定地把电视搬了过来。

前些年，电视出了些毛病，我试着用手拍了几下，又能看了。后来，手拍也不灵了，两位老人花了三十块钱搬到旧市场去，修好后，至今仍看着。

谁也舍不得扔掉这台粗旧笨重且霸占地方的"老家伙"。因为它包含着太多的记忆和梦想。

(摘自《读者·乡土人文版》2015 年第 6 期)

炊烟的性格
孙本召

当牧羊的长胡子爷爷甩着长鞭，当放学的孩童一路唱着欢乐的歌谣，当飞行的麻雀返回茂密的树林，当最后一抹残红藏于黑蒙蒙的山后，炊烟便以一行行诗歌的形式，开始朗诵我亲爱的故乡。

炊烟升起的时候，是村子里最温暖的时光。炊烟有形状，有呼吸，有味道，也有名字和性格。

炊烟是村子上空的树，有粗有细，有高有矮，有繁盛，有枯萎。炊烟的样子其实很神秘，它记载着一个家庭、一个村子的发展史。

风箱是炊烟笔挺的鼻梁。小时候，特别喜欢帮母亲拉风箱。"呱嗒，呱嗒"，一推一送，不紧不慢，沉甸甸的，像牵拉着一列火车。麦秸秆、玉米秆、稻草、枯枝、野草都是锅灶里的常客。厨房里，只见轰轰烈烈的燃烧，温温润润的蒸汽，忙忙碌碌的身影。每天的每个饭点，都是一幅精致的生活简笔画—母亲、柴草、风箱、火苗……

一缕乡村的炊烟，其实就是味蕾上的触觉，有苦涩的、有香甜的、有遥远的、有亲近的、有别离的、有聚首的、有坚硬的、有松软的……

在贫瘠的岁月风尘里，父亲一大早就背着箩筐出去了，炊烟的升腾也要依靠父亲的捡拾来延续。一筐衰草、一截枯枝，一片落叶，一块牛粪，都被父亲积攒起来。直至后来，我们拥有自己的土地，土地上长出自己的希望。收获以后，那些被父亲的汗水和坚硬的石磙碾打剥离了谷穗的庄稼，把自己的残体赤裸裸地呈现给母亲、呈现给饥渴的炊烟时，我终于体会到炊烟的硬度。那些浸润着泥土气息的秸秆，那些收敛着日月精华的秸秆，那些沾有父亲汗渍的秸秆，在熊熊的烈焰中，才真实地体现了生命的价值。此时的炊烟，谁能不感恩？感恩时光的赐予，感恩赐予的丰沛、赐予的温馨、赐予的馈赠、赐予的希冀、赐予的延续。

一缕缕炊烟，像云朵一般飘在乡村的上空。大爷家的、三叔家的、沟南的、沟北的、村东的、村西的、孙庄的、杨庄的，混在一起，你远远地就可以看见自家的炊烟的样子，闭上眼，你能嗅出哪一种是自家的味道。那些远离故土的行囊，是靠着炊烟的轨迹来认路的，是呼吸着炊烟的味道来敲门的。

一缕炊烟就是一种最贴心的叮咛。"慈母手中线，游子身上衣。临行密密缝，意恐迟迟归。"当你装下母亲的絮叨和父亲的牵挂准备远行，夜幕下繁星点点，炊烟再起，那寸长的火苗，那柔肠百结的炊烟，那泪水蒙眬的双眸，那苍苍茫茫的白发，无不是一个人心底最容易感伤的画面。谁说男儿有泪不轻弹？你大口大口地吞咽，又怎能咽下哽在心头的难言？你一次次的咀嚼，又怎能咽下千万次对双亲的割舍？最是那一转身的刹那，路途渺渺，炊烟袅袅。此时，你在大地版图上的哪一个角落，憧憬炊烟，想念味道，聆听呼唤，一声声，一阵阵，一缕缕，一段段，一行行。

炊烟是有性格的，如同我们的乡亲，不攀比、不浮华、不沉沦，自自然然、平平淡淡、清清爽爽。有炊烟弥漫，我们不会迷失在城市的烧烤中。炊烟是心灵天空的一朵祥云,有炊烟缭绕,乡村就不遥远。守望炊烟,其实就是在守住自己最后的一片家园。

(摘自《读者·乡土人文版》2015年第8期)

和父亲坐一条板凳
孙道荣

上大学后的第一个寒假回家，坐在墙根下晒太阳的父亲，将身子往一边挪了挪，对我说："坐下吧。"印象里，那是我第一次和父亲坐在一条板凳上，也是父亲第一次喊我坐到他的身边，与他坐同一条板凳。

家里没有椅子，只有长条板凳，还有几个小板凳。小板凳是母亲和我们几个孩子坐的。父亲从不和母亲坐一条板凳，也从不和我们坐一条板凳。家里来了人，客人或者同村的男人，父亲会起身往边上挪一挪，示意来客坐在他身边，而不是让他们坐另一条板凳。边上其实是有另外的板凳的。让来客和自己坐同一条板凳，不但父亲是这样，村里的其他男人也是这样。让一个人坐在另一条板凳上，就见外了。据说村里有个男人走亲戚，就因为亲戚没和他坐一条板凳，没谈几句，就起身离去了。他觉得亲戚明显是看不起他。

第一次坐在父亲身边，其实挺别扭。坐了一会儿，我就找了个借口，起身走开了。

工作之后，我学会了抽烟。有一次回家，与父亲坐在板凳上闲聊，父亲掏出烟，自己点了一根。忽然像想起了什么似的，犹豫了一下，把烟盒递到我面前说："你也抽一根吧。"那是父亲第一次递烟给我。父子俩坐在同一条板凳上，闷头抽烟。烟雾从板凳的两端飘上来，有时候会在空中纠合在一起。而坐在板凳上的两个男人，却很少说话。与大多数农村长大的男孩子一样，我和父亲的沟通很少，我们都缺少这个能力。在城里生活很多年后，每次看到城里的父子俩在一起亲热打闹，我都羡慕得不得了。在我长大成人之后，我和父亲最多的交流，就是坐在同一条板凳上，默默无语。坐在同一条板凳上，与其说是一种沟通，不如说是更像一种仪式。

父亲并非沉默寡言的人。他年轻时当过兵，回乡之后当了很多年的村干部，算是村里见多识广的人了。村民有矛盾了，都会请父亲调解，主持公道。双方各自坐一条板凳，父亲则坐在他们对面，听他们诉说，再给他们评理。调停得差不多了，父亲就指指自己的左右，对双方说："你们都坐过来嘛。"如果三个男人都坐在一条板凳上了，疙瘩也就解开了，母亲就会适时地走过来喊他们吃饭、喝酒。

结婚之后，有一次回乡过年，我与妻子闹了矛盾。妻子气鼓鼓地坐在一条板凳上，我也闷闷不乐地坐在另一条板凳上，父亲坐在对面，母亲惴惴不安地站在父亲身后。父亲严厉地把我训斥了一通。训完了，父亲恶狠狠地对我说："坐过来！"又轻声对妻子说："你也坐过来吧。"我坐在了父亲的左边，妻子扭扭捏捏地坐在了父亲的右边。父亲从不和女人坐一条板凳的，哪怕是我的母亲和姐妹。那是唯一一次，我和妻子同时与父亲坐在同一条板凳上。

在城里终于有了自己的房子后，我请父母进城住几天。因为客厅小，只放了一对小沙发。下班回家，我一屁股坐在沙发上，指着另一只沙发对父亲说："您坐吧。"父亲走到沙发边，犹疑了一下，又走到我身边，坐了下来，转身对母亲说："你也过来坐一坐嘛。"沙发太小，两个人坐在一起很挤，也很别扭，我干脆坐在了沙发的扶手上。父亲扭头看看我，忽然站了起来，说："这玩意儿太软了，坐着不舒服。"只住了一晚，父亲就执意和母亲一起回乡下去了，说田里还有很多农活。可父母明明答应这次是要多住几天的啊。后来还是妻子的话提醒了我，一定是我哪儿做得不好，伤了父亲。难道是因为我没有和父亲坐在一起吗？不是我不情愿，真的是沙发太小了啊。后来有了大房子，也买了三人坐的长沙发，可是，父亲却再也没有机会来了。

父亲健在的那些年，每次回乡，我都会主动坐到他身边，和他坐在同一条板凳上。父亲依旧很少说话，只是侧身听我讲。他对我的工作特别感兴趣，无论我当初在政府机关工作，还是后来调到报社上班，他都听得津津有味，虽然对我的工作一点也不了解。有一次，我升职不久，我回家报喜，和父亲坐在板凳上，年轻气盛的我踌躇满志。父亲显然也很高兴，一边抽着烟，一边听我滔滔不绝。正当我讲得兴起时，父亲突然站了起来，板凳一下子失去了平衡，翘了起来。我一个趔趄，差一点和板凳一起摔倒。父亲一把扶住我，说："你要坐稳喽！"不知道是刚才的惊吓，还是父亲的话，让我猛然清醒。这些年，虽然换过很多单位，也做过一些部门的小领导，但我一直恪守本分，得益于父亲给我上的那无声的一课。

父亲已经不在了，我再也没机会和父亲坐在一条板凳上了。每次回家，坐在板凳上，我都会往边上挪一挪，留出一个空位。我觉得父亲还坐在我身边。我们父子俩还像以往一样，不怎么说话，只是安静地坐着，任时光穿梭。

(摘自"乐读网"2015年8月14日)

老玩具
黄礼孩

20世纪80年代有什么玩具？这个问题有点沧桑，那时似乎没有玩具，却又有很多玩具。那是因为，什么都可以玩，什么都是玩具。除了买的，大多数是手工做的，甚至本来就有的，比如一棵树、一把铁锹，都能给人带来很多乐子。

打四角，应该是城乡通行的，我们管这个叫"打面包"。先用废纸废书叠成很多四角，那个用来主打的面包，必须厚重，常常要给它加料，将小的废纸塞在里头。四角叠好后，三五成群的孩子弯着腰，按剪刀、石头、布比画出来的顺序，依次击打放在地上的面包。打翻就算赢了，这个面包易主，输了的重新放一个面包在地上……喊叫声一声高过一声，输了先出局的不肯走，围在那里看，像是学技术一样。

我玩这个不行，我最拿手的是等到下雪天，把家里的板凳翻过来，放在有积雪的路上，坐在上面当滑板，不怕摔。但父亲总会及时出现制止我，他心疼板凳被石子划坏。

如果我拿铁锹去玩是可以的,这个得两人合作,一个人双脚蹲在铁锹上,手扶着锹把,一个人拉着铁锹跑。我们管这个叫"坐车"。

我们还玩纸飞机和纸船。

把竹子削成薄片,用细线系了,扬起手臂奋力飞转,会发生"嗡嗡"的声音。我们管这个叫"嗡子"。

成品玩具像左轮手枪,配专门的打火纸。还有一种拧紧发条可以动的青蛙,看着傻里傻气的。这里头,万花筒无疑是最神奇的东西。

万花筒不是我的,是同桌的,全班只有她有这个,宝贝得不得了,不是谁想看就能看的。那种变幻莫测的对称花朵让我们大家都惦记着。它的两头是一大一小的玻璃,能看见一些五颜六色的碎东西,怎么那么神奇?

班上的"发明家"准备做一个万花筒。在此之前,他成功地做了一把木头火枪。我们在一起商量着怎么把同桌的万花筒拆开看看。这个任务落在我身上。当然,她不同意,把我的火枪送给她也不行。没办法,我们决定智取,"智取"就是偷出来。

那天课间,她出了教室,立刻有个"女内线"陪她直到上课铃响才进教室,我把那个万花筒趁机带出了教室。她回来发现万花筒不见了,但老师已经上课了!而我和"发明家"旷了一节课来研究它。

我们小心翼翼地将它拆了,原来圆筒里藏着三面玻璃镜子,一头放着一些色彩艳丽的玻璃碎片!

"发明家"用三角板量圆筒的长度、直径,标明镜子的位置,却没想到还原时,将那些玻璃碎片给洒了,不过,装好之后,依然千变万化。

幸好,同桌并没有发现;而老师问我俩旷课的原因,我说"发明家"肚子痛,我陪着去医院了,也蒙混过去了。

"发明家"最后做成了一个万花筒,它用蓝墨水染了碎玻璃。这个万花筒谁都可以看,看得我们眼睛都绿了……

那时候那么快乐，不像现在的孩子一屋子玩具，却总是不断买新的，约翰·格拉夫说："新技术把更多的东西挤进了我们的生活，并让我们对过程丧失了耐心。我们拼命压缩时间，哪怕只等候一秒都让我们痛苦不堪。"

新玩具何尝不是这样？

（摘自《读者·乡土人文版》2014年第12期）

父亲的大学
米 立

从我懂事起,父亲和我说话就不多。父亲是一个孤儿,五岁丧母,九岁丧父,十来岁他就开始独居。那个时候,村里和他一般大的小孩都在念书,父亲每天跟着他们去上学,一直跟到教室门口才止步。父亲知道,教室与他无缘,贫困使他过早地属于另一个世界。

许多年后,当我成为村子里第一个大学生的时候,父亲彻夜难眠。那天夜里,他拿着我的录取通知书,在昏暗的煤油灯光下,近一下远一下,翻来覆去地仔细看。我知道他是在掩饰内心的狂喜。过了很久,父亲才把通知书还给我,低声说:"收好,不要弄丢了。"

第二天,父亲特地到镇上请放映队来村里放电影,庆祝我考上大学。然后,他又买了鞭炮、香蜡,领着我去村头山冈上坟。在每一座坟前,父亲都严肃地跪下去,然后喃喃自语地说上几句话,看上去很滑稽。不仅如此,他还让我跟着跪下,说我能考上大学是因为受了祖先的保佑。

要开学了，父亲送我到县城坐长途汽车。我还清楚地记得，那天他穿着一件很大的褂子和一条打褶的粗布裤子，下面露出两条黑黑的腿杆子。我上了车，车还没有开，父亲就一直站在窗外看着我。遇到走动的人遮住视线，他就不时调整位置，以确保时刻都能看得到我。汽车站里烟尘漫天，稀稀拉拉的人东一堆西一堆，父亲站在那儿孤零零的。

车子发动的时候，父亲赶紧走到车窗前，手扶在玻璃上对我说："出门在外，自己照顾自己，我们是农民，不要跟人攀比。"这时候，我破天荒地看见父亲红了眼眶，原来父亲也会流泪。当时我正值青春期，不愿意跟父亲有过多的感情交流，因此感到很尴尬。我赶紧把头别过去，不去看父亲。

在武汉念大学那四年，每逢寒假，同学们就开始为火车票发愁。每当那时，车站总会有服务人员到学校，校园的露天广场上就设有车票代售点。我和同乡纷纷结了伴，在寒冷的夜里排着长龙，等待一张回家的车票。不知道为什么，每次排队买票，我的脑海里总会浮现出父亲的身影。可是我又那么不愿承认，我着急回家，就是因为想念父亲了。

坐完火车，我还要坐汽车，灰头土脸到达我们的小县城后，再换一辆三轮车颠个三十里山路，才到镇上，就能看见蹲在路边抽烟的父亲了。那些年，父亲一直在同一个位置等着我。每次车还没停稳，就看见父亲蹲在冷清的街灯下，见有车来，他立刻站起身，哈着气、拢着双手、伸着一颗满是白发的脑袋，用目光一个个过滤从三轮车上跳下来的人。在父亲的身后，放着他那辆除了铃不响哪儿都响的自行车。终于发现我之后，父亲就开始笑。他非常瘦，一笑，满脸的皱纹更加突出。每一次我都问他到了多久，他总是说自己也是刚刚到。说的次数多了，我也就宁愿相信了。

我和父亲摸着黑，沉默不语地走了大概半个小时，就来到沙河边。冬日里水很浅，船根本靠不了岸，我和父亲就脱得只剩下裤衩，下到刺骨的河水里往前走一段，才得以上船。站到船上，一阵河风吹来，两条湿腿就像挨了千刀万剐一般。有一回，站在船上的我一边哆嗦一边想：来的时候，父亲也是这样扛着自行车过来的。这样一想，眼泪一下子就涌了出来。幸好当时天很黑，父亲和船家都没有发现。那个时候，我宁可对外人说掏心话，也不情愿对父亲表达感情。下船上岸，两人继续在田野里穿行，夜风中可以闻到草香，我和父亲仍然一路沉默。越接近村庄，狗吠声就越清晰，辛苦了一路，这才总算到家了。

往后的很多年里，父亲把他的孩子一个个送往远方，又一个个像这样接回家来。然而到最后，孩子们还是一个个从他身边离开，去了真正的远方。我的五个弟弟妹妹中，有四个上了大学。也就是说，包括我在内，我们家一共出了五个大学生。父亲曾对母亲说，每次家里出一个大学生，他就会想起那些他从教室门口折转田间的时刻，想起他一趟趟跟着伙伴们去学校，又一趟趟返回家的时刻。

母亲说得对，我们上的大学，其实是父亲的大学。

如果说这个世界上有那么一个人，他舍得给你一切，连同他的梦想，那么至少他是信任你的。如果他能一路陪伴你到达他梦想的那个地方，而他自己只是躲在光环后面默默地注视你，那么，他是异常爱你的。他知道你身上流着他的血，你的快乐幸福就是他的一切。我们是不是应该还这样厚重的一份爱，给那个一直深爱我们的父亲？

（摘自《读者》2012年第6期）

老爸的火炉

冯　唐

有时候，人会因为一两个微不足道的美好而暗暗渴望一个巨大的负面，比如因为一个火炉而期待北京漫长而寒冷的冬天。

我怕冷，我把我怕冷的原因归结于我从父亲那边遗传的基因。我老爸生在印尼，长到18岁才回国，18岁前没穿过长裤，更别说秋裤了。

记忆里北京的冬天漫长而寒冷，每个人都穿着同一个颜色和式样的衣服，像一个个丑陋的柜子在街上被搬来搬去。北京漫长的冬天里唯一的喜庆颜色是"两白一黑"。一"白"是白菜，北京人冬天的主菜，通常的习惯是买半屋子，吃整整一个冬天，醋熘、清炒、乱炖，包饺子、包包子、包馅饼，百千万种变化，不变的是白菜还是白菜。另一"白"是白薯，北京冬天唯一的甜点，买两麻袋，吃整整一个冬天。一"黑"是蜂窝煤，堆在门前院后，那时候北京大部分地方没有市政供暖，整整一个冬天的温暖得意就靠它了。

我常常因为烧蜂窝煤的火炉而想念那时候北京的冬天。

伺候火炉是个有一定技术含量的活儿，这个技艺由老爸掌握。炉子被安放到屋里的一个角落，烟囱先伸向房顶再转向一面墙，最终探出屋外。为了伺候炉火，老爸自制了很多工具，夹煤的、捅煤的、掏灰的、钩火炉盖儿的，其中捅煤的钎子常常被我们拿去滑冰车用，总丢，老爸总是多做几个备用。蜂窝煤似乎有两种：一种比较普通，数量多，含煤少；另一种数量少，含煤多，贵，用来引火，先放在煤气炉子上烧着，然后放进火炉最底层，最后再放上普通蜂窝煤。蜂窝煤烧尽，要从下面捅碎，煤灰因重力落到炉底，用煤铲掏走，再往炉子里加一块新煤。最考验技术的是临睡前封炉子，留多大进气口很有讲究：留大了，封的煤前半夜就烧没了，下半夜全家被冻醒；留小了，不热，一整夜全家受冻；加上蜂窝煤的煤质不稳定，留多大更难控制。老爸的解决办法是半夜起来一次，我睡觉轻，常常听见他摸黑穿拖鞋声，因为长期吸烟的暗咳声、吐痰声、喝水声，用铁钩子拉开炉盖儿声，用铁钩子合上炉盖儿声，脱鞋再上床声。

我对伺候火炉的兴趣不大，但是对炉火的兴趣很大。炉火当然能供暖，而且炉火比空调好很多，不硬吹热风，而是慢慢做热传递和热辐射，暖得非常柔和。从脆冷的屋外进来，把千斤重的厚棉衣一脱，一屁股坐在炉火旁边的马扎上，面对炉火，像拥抱一个终于有机会可以拥抱的女神，伸出双臂、敞开胸怀，但是又不能且不敢抱紧。哪怕不抱紧，很快身心也感到非常温暖。然后，倒转身，挺直腰板，让炉火女神再温暖自己的后背、后腿和屁股。炉火还能热食物，白薯、汤、粥、馒头片。晚上看书累了、饿了，贴炉壁一面的烤白薯和烤好的抹上酱豆腐的馒头片都是人间美味。遇到周末改善生活，放上一口薄铝锅，炉火还能煮火锅。火锅神奇的地方是，已经吃得不能再烦的白菜、酸菜、豆腐、土豆放到里面，几个沉浮，忽然变得好吃得认不出来了，围坐在周围的家人也开始和平时不一样了——老妈转身去橱柜拿酒，老姐望着炉火眼神飘忽，老哥热得撩起秋裤腿毛飘忽，老爸开始小声哼唱18岁前学会的歌曲。窗外天全黑了，借着路灯的光亮看到小雪，在窗子的范围里,一会儿向左飘,一会儿向右飘。

后来,住处有了市政集中供暖,老爸还是习惯性地半夜起来一次。我睡觉轻,还是听见他摸黑穿拖鞋声,因为长期吸烟的暗咳声,吐痰声,喝水声,脱鞋再上床声。我背诵最早和最熟的唐诗之一是白居易的《问刘十九》:"绿蚁新醅酒,红泥小火炉。晚来天欲雪,能饮一杯无?"如今,每到冷天,每到夜晚,我闭上眼总能听到老爸像老猫一样爬起来,去照看那早已经不存在了的炉火的声音。

(摘自《读者》2019年第1期)

那些年，妈妈的拿手菜

佚 名

关键词：柴火灶、神仙汤、凭票供应

20世纪六七十年代，物资普遍匮乏，各家各户的妈妈们都在挖空心思找食材给孩子补充营养，比如捋榆钱儿柳叶尖儿，逮蚱蜢、摸鸟蛋等。当时的厨具主要还是柴火灶，砍柴、备煤是常事，需要的技术和所费的体力远比今天要多。

那是一个凭票供应的年代，肉票是生活中的抢手货，连猪油都是奢侈品。早上一口猪油拌饭，中午一碗猪油冲酱油的神仙汤，晚上一锅猪油青菜饭，已是"共产主义"了。吃完饭，用挂在自家门后的生猪皮擦擦嘴，外出时表示自己刚刚吃过肉，有钱、有粮、有油水。

年一过，就开春了，妈妈们挽着小篮，拎着小铲，拉着孩子们到江边、河旁、冈前、山后，寻找荠菜、马齿苋、鹅儿肠、香椿头、菊花脑、芦蒿、马兰头、枸杞头等"旱八鲜"，还有塘中的慈姑、莲藕、荸荠、茭白、水芹、菱角、芋苗、鸡头果等"水八鲜"。

逮蚱蜢、摸幼雀也是妈妈们的拿手活。这些被捕的昆虫和飞禽，被洗净后送进了各家的油锅里，最终成了孩子们的腹中餐。光靠这些，还不能保证孩子们的营养，于是，家家户户开始养小鸡、小鸭，给正在发育中的孩子补身体。

盛夏的时候，一旦闻到河塘里有翻臭味，妈妈们就立马上阵。河塘翻黑翻臭，意味着要下雨了，此时气压低，水中的鱼儿们肯定要浮上来呼吸，这样就可以抓捕了。就这一个小小的"翻塘"，能让孩子们开上几天洋荤。因为除了鱼，岸边还会有小螃蟹、小虾、螺蛳、河蚌……简直是一场水产大丰收。

关键词：菜色丰富、灶台、煤炭炉子

开始分自留地以后，妈妈不需要整天捏着蛋票、肉票计划着怎么做饭。她在那一小块自留地里种了一些蔬菜，留着自家吃，多余的还会拿到市场上去卖，基本满足了一家人的生活需要。

在南瓜丰收的季节，长的南瓜够全家人吃上大半年。南瓜被妈妈做成南瓜汤、南瓜粥和金黄酥脆的南瓜饼。

肉依然是那个时代的奢侈品。当时肚子里的油水仍是少得可怜，买肉时妈妈都会多买点儿肥肉，白花花的肥膘可用来"化"油，然后炒菜，改善全家的生活，剩下来的油渣子还可以配上青菜包饺子吃，这可是那时的"饕餮盛宴"了。勤俭的妈妈为了省油，将油倒入一个小碗里，每次做饭前，用纱布蘸一点油，在锅底一擦，就当是菜里有油了。

那时做饭用的是老虎灶。老虎灶前面是两个大锅，中间是一个储水的容

器。大冬天，我们兄妹都会围在灶台的周围，一边取暖，一边帮妈妈塞柴火、摇风箱。在临睡之前，还会将棉鞋挂在灶台四周，第二天穿起来可暖和了。再后来，煤炭炉子开始普及，为了省钱，妈妈买散装的煤块回来，把煤块弄碎，捏成煤球，晒干后留着用。

尽管当时的生活与现在相比，艰苦得多，但是回想起那时的我们，每天都无忧无虑，只要吃得饱、穿得暖，就觉得很幸福，这也许就是知足常乐吧。

关键词：精密厨具、造型、App

现在的妈妈可以说生活在幸福的年代，为自己的孩子煮个饭、烧个菜已经不是什么难事。煮米饭，将米和水放进电饭煲里，按钮轻轻一按，过一会儿，软软糯糯的米饭就煮好了。而煎鸡蛋也有专门煎蛋的造型小煎锅，往锅里放点油，打个蛋，几分钟后，五角星、心形、小动物……各种造型的煎蛋就能端上桌啦！这种爱心便当，几乎成了这两年"妈妈饭"的一个小潮流。

手机上制作美食的 App 比比皆是，很多妈妈都会按照 App 菜谱烹饪出色香味俱全的营养餐。这些"妈妈饭"中西结合，有蔬菜色拉、小牛排、烤土豆、牛奶炖蛋等创意西餐，也有西红柿猪肝汤、花生紫米糊、鲜虾粥这样好吃的中餐。

（摘自《读者·乡土人文版》2015 年第 3 期）

你在，年味就在

寇 研

在美食大行其道的今天，各种年味中总有一款会是"妈妈的味道"。似乎每个当妈的，都该有一个秘籍，上面藏着各种功夫，烧、烤、炸、炖、焖，博采众家之长，又自成一体，用来捆住丈夫和儿女的胃，维系他们对她的忠诚。在每个春节前夕，即便你嘴很硬："不回，加班呢！"胃里还是难免会抓挠，想念她做的红烧排骨、回锅肉、酸菜鱼……

但若让我说出我们家那位的特色菜是啥，没有。也许，泡菜可以勉强算一个？但是那个咸啊，一根泡豇豆足够你塞下三碗米饭，过后还要猛灌几杯水。

这个女人有种本事，不是一般母亲能做到的。她擅长把各种菜都切成棍的形状，如土豆丝不是土豆丝，是土豆棍，和麦当劳、肯德基卖的蘸番茄酱的那玩意差不多粗，以此类推，肉棍、茄棍。切成棍也没关系，只要你舍得放油，把土豆棍炸成薯条也行，但在我妈那儿没有这个"只要"，有的是另外一个"只要"。只要看见你举着油壶"嗵嗵"往锅里倒,她的血压就急剧上升:"够了,够了,哎哟喂!"所以,筷子那么粗的没有吸饱油的茄棍,放在嘴里,像个要死不活的软体动物。

吃饺子是我们家的仪式,几十年里没变过。回家第一顿饭是饺子,离家时那顿饭是饺子,端午节吃的是饺子,中秋节吃的是饺子,过年吃的还是饺子。也许图省事,也许我妈天生对做饭既没才能也没耐心,她包的饺子跟包子一样大,似乎总想三五个就把人打发了。葱、姜她永远切不细,肉永远剁的不碎,有时我吃到一大块嚼不烂扯还乱的肉块,只好伸长脖子囫囵吞下去。偶尔,还会吃到一颗坚强的怎么都化不开的盐粒。我们都是被包子一样大的水饺夯饱、长大的,她男人也是吃着包子一般大的水饺,担着消化不良的风险,和她一起慢慢变老的。

每到腊月,我妈便进入忙碌期,煞有介事地在楼顶弄腊肉,腌制、熏烤、晾晒。但不知她那腊肉是咋熏的,大半个月忙下来,还全是白兮兮的肥条子。当她端出厚得能垫桌角、肥白的、咸死人的所谓腊肉,一种熟悉的绝望顿时涌上心头。"吃嘛,好吃哩!"老爸作势要给我们夹,我们全都用手护住碗,千钧一发之际,甚至会不惜钻到桌子底下,以此躲开腊肉的袭击。

但我们都是善良的人,从不挑战我妈在厨房的权威,也坚守"有的吃就别挑三拣四"的立场。这么多年,她端出什么我们吃什么,从不评判,至多说一句:"嘿嘿,稍微有点咸。"她自己吃一口:"哪里咸?不咸。"好吧,不咸。

这般纵容的后果很明显,没有批评,没有反省,不爱钻研,不求上进,我妈炒菜的技术数十年如一日、持之以恒的差,而且随着年龄增长,她切的土豆棍的"腰围"也越来越粗。但这至少也有一个好处吧,她养大的娃,一个个生存能力、消化能力都极强,从不挑食,吃一盘真正的土豆丝都会感恩半天。

又到年底,回不回家?是个问题。鉴于你从来不说"你看隔壁家谁谁"

这种话来气我；鉴于我以30岁"高龄"自作主张，净身出户，一个人跑到离家老远的地方，你也没用"一个女人应该……"这种大道理来教育我；鉴于小学学历的你，在那许多个午后，戴着老花镜，拼了老命，试图去理解我书里写的每一个字；鉴于你有自知之明，从来不讲"回来哦，我给你做好吃的"这种自欺欺人的话……好吧，我认命，继续过年回家，吃你弄的那堆能咸死人的乱七八糟的食物。那堆乱七八糟的食物在，年味就在。

你在，年味就在。

(摘自《读者·乡土人文版》2015年第13期)

书是回望生命的坐标

白岩松

书是什么呢？我们每个人可能会给千百个答案。我在中间选择两个，一个是生命前行时候的推动力，一个是生命回望时的坐标。

有很多人问过我："在你的生命历程中，哪一本书或哪一个人对你影响最大？"我永远只有一个标准答案：书是《新华字典》，人就是我妈。没有我妈，没我；没有《新华字典》，我走不进浩如烟海的中国文化这样一个博大精深的世界当中，让我从文化的意义上开始一步一步成为一个真正的中国人。《新华字典》对我来说太重要了。

当我拉开 20 世纪 80 年代的书架，会把哪本书抽出来？印象太深了，那是 1986 年的春天，我来到北京王府井的新华书店。当时王府井的新华书店几乎是所有读书人的天堂，在那儿我找到了一本春风文艺出版社出版的《朦胧诗选》，那时我刚刚走进大学校园半年。当我打开这本《朦胧诗选》时，扑面而来的是两句话："卑鄙是卑鄙者的通行证，高尚是高尚者的墓志铭。"当我读到这本书里那么多诗之后,我才从草原上来的年轻人变成了真正意义上的北京人,从一个中学生变成了一个大学生,从一个中国人变成了开始思考中国各种各样问题的有责任感的、开始拥有自己独立思维方式的中国人。

20世纪90年代中期,我走进了中央电视台《东方时空》节目组。20多岁的年龄,要成为《东方之子》的节目主持人,我要去与一个又一个资深的"东方之子"交谈。我当然是没有底气的,所以要不断去学,太多的书在帮助我。其中有一套厚厚的书对我起了非常重要的作用,那就是唐浩民先生的《曾国藩》。因为在这本书里,我看到了最复杂的人性,有让我尊敬的曾国藩,有让我气愤的曾国藩,有在文化上非常大家的曾国藩,也有摆不开、钻进了牛角尖的曾国藩。在一个人的身上人性竟然如此复杂,让我对人、对人性开始有了更充分的了解。

到了新世纪这10年,当你有机会翻开老子那5000多字的《道德经》的时候,你会发现,老祖宗几乎把今天的什么都写入了其中。比如说,它会告诉你杯子如果满了,你就把它倒掉,否则再也装不进去任何东西了。当然最最重要的,有5个字让我对很多事情豁然开朗——无私为大私。当你真正做到无私的时候,你得到的是最多的,这是与人生有关的。

在任何一个艳阳高照的午后,当你很郁闷的时候,翻开一本书,你就不会孤独了,在中国那么优秀的文字里头你会看到美。我刚才列举的一些书或许都只是我前40多年生命中的一些路标,而没有列到的书我都会感觉委屈了它们。

那么人生还长,可能还有一半。当我看着前方总会有一些忐忑不安,一想到还会有那么多美妙的音乐等着我,还会有那么多没有打开的书在等着我,我的心慢慢就平静下来了,就会非常喜悦和好奇地等待。

我总相信,富起来的中国人,吃饱了穿暖了的中国人,不会天天只是卡拉OK,不会把全部注意力都放在物质的获得上。当我们已在物质方面有了巨大进步的时候，也许一个真正与精神、与灵魂、与信仰有关的中国人追求的时代也就真正开始了。好多人沮丧地说："在中国读书的好时代过去了。"我想说："不！它可能才刚刚开始。"

(摘自"搜狐网"2017年8月22日)

时间怎样地行走
迟子建

墙上的挂钟,曾是我童年最爱看的一道风景。

我对它有一种说不出的崇拜,因为它掌管着时间,我们的作息似乎都受着它的支配。我觉得左右摇摆的钟摆是一张可以对所有人发号施令的嘴,它说什么,我们就得乖乖地听。到了指定的时间,我们得起床上学,我们得做课间操,我们得被父母吆喝着去睡觉。虽然说有的时候我们还没睡够不想起床,我们在户外的月光下还没有戏耍够不想回屋睡觉,但都必须因为时间的关系而听从父母的吩咐。他们理直气壮呵斥我们的话与挂钟息息相关:"都几点了,还不起床!"要么就是:"都几点了,还在外面疯玩,快睡觉去!"这时候,我觉得挂钟就是一个拿着烟袋锅磕着我们脑门的狠心的老头,又凶又倔,真想把它给掀翻在地,让它永远不能再行走。在我的想像中,它就是一个看不见形影的家长,严厉而又古板。

但有时候它也是温情的,比如除夕夜里,它的每一声脚步都给我们带来快乐。我们可以放纵地提着灯笼在白雪地上玩个尽兴，可以在子时钟声敲响后得到梦寐以求的压岁钱，想着用这钱可以买糖果甜甜自己的嘴，真想在雪地上畅快地打几个滚。

我那时天真地以为时间是被一双神秘的大手给放在挂钟里的，从来不认为那是机械的产物。它每时每刻地行走着，走得不慌不忙，气定神凝。它不会因为贪恋窗外鸟语花香的美景而放慢脚步，也不会因为北风肆虐、大雪纷飞而加快脚步。它的脚，是世界上最能禁得起诱惑的脚，从来都是循着固定的轨迹行走。我喜欢听它前行的声音，总是一个节奏，好像一首温馨的摇篮曲。时间藏在挂钟里，与我们一同经历着风霜雨雪，潮涨潮落。

我上初中以后，手表就比较普及了，我看见时间躲在一个小小的圆盘里，在我们的手腕上跳舞。它跳得静悄悄的，不像墙上的挂钟，行进得那么清脆悦耳，滴答——滴答——的声音不绝于耳。所以，手表里的时间总给我一种鬼鬼祟祟的感觉，从这里走出来的时间因为没有声色，而少了几分气势。这样的时间仿佛也没了威严，不值得尊重，所以明明到了上课时间，我还会磨蹭一两分钟再进教室，手表里的时间也就因此显得有些落寞。

后来，生活变得丰富多彩了，时间栖身的地方就多了。项链坠可以隐藏着时间，让时间和心脏一起跳动；台历上镶嵌着时间，时间和日子交相辉映；玩具里放置着时间，时间就有了几分游戏的成分；至于计算机和手提电话，只要我们一打开它们，率先映入眼帘的就有时间。时间如繁星一样到处闪烁着，它越来越多，也就越来越显得匆匆了。

十几年前的一天，我在北京第一次发现了时间的痕迹。我在梳头时发现了一根白发，它在清晨的曙光中像一道明丽的雪线一样刺痛了我的眼睛。我知道时间其实一直悄悄地躲在我的头发里行走，只不过它这一次露出了痕迹而已。我还看见，时间在母亲的口腔里行走，她的牙齿脱落得越来越多。我明白时间让花朵绽放的时候，也会让人的眼角绽放出花朵——鱼尾纹。

时间让一棵青春的小树越来越枝繁叶茂，让车轮的辐条越来越染上锈迹，让一座老屋逐渐地驼了背。时间还会变戏法，它能让一个活生生的人在瞬间消失在他们曾为之辛勤劳作着的土地上，我的祖父、外祖父和父亲，就让时间给无声地接走了，再也看不到他们的脚印，只能在清冷的梦中见到他们依稀的身影。他们不在了，可时间还在，它总是持之以恒、激情澎湃地行走着——我们看不见的角落，在我们不经意走过的地方，在日月星辰中，在梦中。

我终于明白挂钟上的时间和手表里的时间只是时间的一个表象而已，它存在于更丰富的日常生活中——在涨了又枯的河流中，在小孩子戏耍的笑声中，在花开花落中，在候鸟的一次次迁徙中，在我们岁岁不同的面庞中，在桌子椅子不断增添新的划痕的面容中，在一个人的声音由清脆而变得沙哑的过程中，在一场接着一场去了又来的寒冷和飞雪中。

只要我们在行走，时间就会行走。我们和时间如同一对伴侣，相依相偎着。不朽的它会在我们不知不觉间，引领着我们一直走到地老天荒。

(摘自《中华活页文选（高二、高三年级）》2011年第12期)

击中我生命的那些碎片

张克奇

1

母亲离开我时,我才呼吸了人间 20 天的新鲜空气。产后大量出血,医疗条件的极端落后,很快地枯萎了一个年轻的生命。直到现在,她唯一的儿子在无穷的思念里,对她也只有一个概念性的认识,而没有具体的样子。但母亲是活在我心中的。母亲以自己的大命换取了我的小命,我不知她这样做值不值得。从我懂事那天起,我就知道生命不仅是自己的,也是母亲的,如果我不能好好地活着,人们惋惜的,绝不会是我,而是我的母亲。

我家附近有一盘石碾,每天来推碾的人络绎不绝。7 岁的一天,我闲着没事,就到碾棚帮一个奶奶辈分的老人推碾。推完后,老人抚摸着我的头,深深地叹了一口气,说:"这娃,多像他热心肠的娘啊!"那一刻,我的全身颤抖了，泪水忍不住就要流下来。我掉头就跑，一口气跑到村南的大树林里，抱着一棵大树号啕大哭。母亲，在我身上居然还能看到你的影子，这是我多大的幸福啊！

从此以后，我几乎天天去帮人家推碾。粗粗的碾棍，窄窄的碾道，寄托了一个少年无限的希望。在那里，我经常能听到那种令人激动的称赞。只有在那一刻，母亲才在我心中具体成一个触手可摸的形象，我和母亲才隔了厚厚的土地和遥远的苍穹面对面站着，站得彼此泪眼婆娑。

长大后，我离开家乡到远方去流浪，开创自己的事业。无论在什么地方，我都保持着一副热心肠，用满腔的热情去爱周围的每一个人。特别是当我能对人有所帮助并竭尽全力时，我感觉是最幸福的。因为那是我离母亲最近的时刻。

2

父亲躬耕于偏僻乡野，却喜欢收藏书籍。

父亲的藏书内容丰富，且数量不断增长。起初是用一个纸箱子装着的，后来又用上了大木箱子，到现在已收藏了满满八大箱。由于藏书太多，他甚至不得不在原本狭小的房子里单独设置了一间小书屋。

父亲喜欢藏书，却很少读它们。只是每隔一段时间，他就把书籍认真整理一遍。父亲说，虽然不大读，但只用手摸摸也觉得很满足。真是应了一位作家所说的"抚摸也是一种阅读。"

父亲的藏书曾让不少走街串巷收破烂的垂涎不已，但每次都被父亲板着面孔堵了回去。他们一走，父亲便急急地走进书屋，仔细地把书检阅一遍，好像那些收破烂的都长着许多无形的手，一进院子就能偷走什么东西似的。嘴里还不住地嘟囔："书是人的才气之所在，把书卖了，不就是等于把人的才气给卖掉了！"

其实，父亲的藏书，只不过是我们兄妹几个用过的课本，以及一些我们随读随扔的书刊。

每当逢年过节，我们几只出笼的小鸟一起飞回家中，父亲总在酒足饭饱之后要我们陪他一起整理那些书籍。父亲真是个有心人，就连我们的小学课本都一直保存着。看着它们，我们仿佛又回到了遥远的从前，书上密密麻麻的笔记，说明我们曾经奋斗过。一瞬间，被城市的灯红酒绿麻木了的心灵蓦然热血沸腾起来。父亲常常边整理书籍边向我们重复那句已不知对我们说过多少遍的教导："只为你们细嚼慢咽'啃'过的这些书，也应该好好地珍惜现在的一切。"说这句时，父亲总是一脸的严肃。

用心良苦的父亲，您收藏的哪里是书籍，那分明是我们的成长历程啊！

3

进入围城数载，日子过得极其平淡。恋爱时的花前月下、蜜语甜言都被时光一点点地剥去，随风飘逝，我甚至经常怀疑两人的生活中到底还有没有爱。

直到有一天，我发现了一个小小的秘密。

结婚以来，我们的早餐几乎都是面条。因为省事，也因为都爱吃。我天生懒惰，在家务活上很快就败下阵来，早餐也自然由妻承包了。说实在的，妻的厨艺并不高明，刚开始那阵子，手忙脚乱不说，面条不是下多了就是下少了。下多了吃不了，倒掉了着实可惜；下少了不够吃，肚子不愿意。为此，我与妻讨论了好几个晚上，可讨论来讨论去最终也没想出个好办法。总不至于迂腐到一根一根地数或买个秤称吧。办法没想出来，妻却明显地感觉到了肩上"担子"的沉重："我就不信把握不住这个量，工作时间长了还熟能生巧呢！"从此，妻做早饭特别用心，很快就达到了一人一碗不多不少的水平。对此，我很满意，妻更是倍感自豪。

一次同学聚会，我无意中听到邻座的两个女同学在悄声交流为人妇的经验。其中一个说："早上下面条真是烦人，不是下多了就是下少了，害得我没少挨说。后来一个好朋友告诉了我一个妙方，就是每次都先把丈夫的碗盛满，如果自己的盛不满就先动筷子开吃……"

我心里不禁一颤，莫非妻子也是这样做的？联想到妻子每天早上心安理得地接受我的称赞时那似乎有些诡秘的笑，我更加疑惑。经过几天的细心观察，我果然发现妻子的手段竟和我的那位女同学如出一辙。那一刻，我突然感觉有股暖流在心底汹涌开来。

原来爱情就是这么简单：它被生活揉碎了，又撒入了生活的点点滴滴。

4

一个普通小镇的十字路口，因为一条南北走向省道的经过而生出些许繁华。十字路口的西南边，一位老人终年经营着一个小小的水果摊。我与老人的相识极其偶然。二十世纪九十年代中后期，我经人介绍认识了现在的妻子，她的公司就在那个小镇上。每到周末，我都早早地赶过去，等她下班。我们不见不散的地点就定在了那个十字路口。时间长了，那个老人就注意上了我，并且极其热情地把我招呼过去，拿出马扎让我坐下，很自然地和我攀谈起来。一回生，两回熟，从那以后，我与女友的接头地点就移到了老人的摊位处。生意忙的时候，我就帮老人算算账；没买卖时，我们就东一榔头西一镢头地拉呱，上至国家大事，下到人生烦琐。

一年后，我与女友修成正果，在县城里安了小家。我与那位卖水果的老人从此断了音信，慢慢有些遗忘。2002年秋季的一天，我坐车去岳母家，在那个熟悉的路口倒车，刚下车就听到有人喊："哎！爷们儿，再过来坐坐歇歇！"那声音熟悉极了。我情不自禁地朝水果摊看去，果然是那位老人正满脸微笑向我打手势。我三步并作两步走过去，与老人叙起了旧情。

突然，老人问我："这段时间怎么没见你去小孩他姥娘家？"

我一阵惊讶："你怎么知道的？""我天天蹲在这个路口，每到周末就特别注意去杨家河的客车。我知道你去岳母家就得坐这条线上的车，以前发现你基本是一星期一趟，最近连续几个星期都没看到你。"听他这么一说，我简直就是诧异万分了："你真有心！"老人有些得意地把眉毛一挑，小眼一眯缝："说实话，爷们儿，咱们虽然不沾亲不带故的，可很说得上话，这几年我还挺挂念你的。"

面对这样一位老人，面对这样一份萍水相逢的牵挂，我的心情一下子复杂极了，除了感激，更多的是对老人的愧疚。我真的没有想到，在这个世界上，竟然还有这样一个人在默默地挂念着自己。自那以后，每次去岳母家，我都要选择客车右边的位置坐下，有时宁肯站着。这样，每次经过那个小小的水果摊时，我都会打开车窗，迎着老人的目光摆摆手，或者对着他正忙碌的身影喊一声。

短短的一瞬间，两个人的脸上都溢满了微笑。

5

朋友自遥远的东北给我寄来一片树叶。在信中，他问我："如果塞上耳朵，只用眼睛看着树叶，你能不能听到风的声音？"

我对朋友的这种做法感到很好笑。塞上耳朵，眼睛瞪大了很长时间，我也无法将这片树叶与呼呼的风声联系起来。便如实告之。不几天，这位朋友又来了信。他说，他现在才真正体味到我写的短诗《听风》中的几句："风的声音并非只有一种啊/它的脚步/是踏在人的心上。"现在的他，只能用眼睛盯着树叶，用心去聆听了，呼呼的风声常常感动得他泪流满面。因为一场车祸使他的双耳完全失聪了。

我震惊。这位朋友，是上世纪九十年代初在北京笔会上结识的，很开朗很健谈。缘分真的很怪，当时已是颇有名气的青年作家的他，偏偏和我这个初涉文坛的毛头小伙谈上了话，且越说越投机，一开始就进入了老朋友的角色。短短七天的时间里，我们一起漫步天安门，泛舟北海，攀登长城……就在那时，他告诉我，他最喜欢听自然界的声音。他常常站在空旷的原野上一待就是几个小时。风的声音漫过他的心际，便有一种回归大自然的感觉。说这话时，他又闭上了眼睛，仿佛又听到了风声。

笔会结束后，我们彼此留下通讯地址就各奔东西，天各一方。我们只能在心底互相祝福，从报刊上相互了解一些情况。我很惊讶他近年来的创作竟带上了沉重的调子，甚至沉重得让人无法拾起。我担心他的生活中出现了大的变故，便去信询问。他回信说没有，活得挺好。

现在，朋友终于向我坦露了这一切。我心里除了难过，还有对生命的怀疑，生命太脆弱了，随时都有被伤害或被剥夺的可能。朋友在信里的叙述很平静，就像是在叙述别人的故事，受到伤害的是别人而不是他。我知道，他之所以现在才告诉我，是因为这个阶段是他调节心理平衡、自我恢复的过程。他不愿把痛苦宣泄于我，让我为他难过。他说，生命真的很怪，事情没有发生时让人觉得会无法接受，当真正发生了，人们总能以一种平静的心态去面对。虽然，这需要一个阵痛的过程。

我为朋友的这种自我调节能力感到带点酸涩的幸福。闭上眼睛，手摸着那片树叶，呼呼的风声骤然席卷过我的心口。这种感觉是我当初写那首诗时所没有的。于是，我给朋友写了回信：不用耳朵，甚至也不用眼睛，照样能感觉得到风的真实存在。因为我们还有跳动的心！

(摘自《读者》2006年第1期)

这一锅汤
翟敬宜

妈妈爱煮汤，深信"先喝汤，胃不伤"，菜色再简单，汤不可缺。妈绝对是有天分的家厨，再简单的汤进了她的锅，美味立刻向上加乘。以家常的玉米排骨汤来说，她嫌排骨油重，用乌骨鸡脚代替，再多加一个西红柿，汤色更清美，还多了讨喜的微酸与胶原蛋白。

想有点儿饱足感，妈会端出疙瘩汤。一只海碗装低筋面粉，把水龙头开到极小，用长筷子高速搅，让面粉在碗中结成米粒大小的块。起油锅炒香配料，注入高汤略煮半晌，面疙瘩即可入锅，小火搅拌至滚稠，加把翠绿小白菜，香气、营养、口感完美结合。

费工的当属除夕团圆饭的一品锅，那可是年度压轴戏。鸡汤当底，海参、花枝鱼、鲜笋丝、鹌鹑蛋……好料结伴来，但绝不加芋头，以免浊了小清新。锅一上桌，就是爸从口袋摸出压岁钱的时候。香气与热气，把一大家子暖暖团在一起。

一年年过去，吃一品锅的人变少了。哥哥们在海外成家，还在父母身边的只剩出嫁的女儿。我的运气太好，婆婆全面包容长媳的任性，让我得以在除夕夜回娘家守着一品锅，还不断带来新吃客，先半子，再孙子。外孙对姥姥的汤超迷恋，好汤煲粥，小小孩一口气碗底朝天，毫不啰唆。

对于我的拒绝长大，老天终究给了一个大警示。妈病倒了，两个月来回检查被确诊为胃癌晚期。手术加化疗让她的胃口与体力尽失，看到饭菜就皱眉，遑论下厨。她的洁净厨房让给了钟点工、回娘家的我和不再远庖厨的老爸。

妈生病前，爸下厨的次数十根指头就能数完，为了妈，钟点工休假时，他开始抡起菜刀剁肉切菜。有天晚上，爸突然急找我，说妈情绪大崩盘。我奔回家，妈眼泪汪汪，说她不想活了，指着一碗煳了的烩锅面不停呜咽："我都快死了，你爸只做这个给我吃……"我哄不住妈的眼泪，打开冰箱东翻西找想生出一碗汤。妈筷子一推下了饭桌，留下愧疚又傻眼的父女。

眼看钟点工的菜不合妈胃口，爸又实在上不了手，老买外食也不是办法，青黄不接之际，我也只好硬着头皮在家做实验，猛看食谱外加想象力，勉强做出接近妈妈风格的汤。但火候跟调味的掌控太差，滋味如何，我心中有数。

"一点都不像姥姥做的！"负责试喝的儿子每次都说中要害，但妈总是很捧场地多喝半碗。好在新来的煮饭阿姨厨艺好多了，妈终于不必再忍受女儿做的汤。

曾经，我想过把妈的汤谱一道道记下来，但时间没站在我这边。她的病情很快恶化，连说话的气力都没有。我只能尽量陪她，提防着任何的猝不及防。

有一天，她出现了谵妄的现象，嘴里尽是我听不懂的话，我知道死亡可能逼近了，紧急联系护理师，决定次日送她住院。中午时，妈突然字字清楚地对我说："我想吃饭。"

直觉告诉我，这顿饭，我得自己做。七手八脚地做了不辣的咖喱鸡饭，想着妈吃不下，重口味的比较开胃。我把饭端到床边，一口口喂她，见她勉强咀嚼吞咽，突然想起怎么忘了做汤，妈习惯要先喝汤的呀！

饭才吃了几口，妈就不肯嚼了，我用棉花棒替她清了口腔，出门上班，打算跟公司多请几天假。道再见时，妈抬手向我挥了两下。

傍晚，我的手机响起，来电显示"爸妈家"。通话键一按，手机那头传来爸爸悲切的嘶喊。

多年来，我庆幸着那天中午亲手做了饭，却后悔着为何要上班，不多留一会儿替她煮碗汤。

妈走后，寂寞的爸体力日衰，再也不下厨，也不想习惯阿姨做的菜，开始在餐厅外食，除夕夜也喊我们一块儿上饭店。直到前年的年夜饭，他虚弱得出不了门，我决定把大菜交给外卖，卷起袖子，做几道妈常做的菜。

我做菜很慢，脾气很大，绷紧神经怕出错，谁都不准来打扰。站了一整天，我做了如意菜、蒜薹炒腊肉、青蒜拌莴笋，以及大年初一早上爸要吃的茶叶蛋、韭菜饺子和煎年糕。腰酸腿麻地端到爸家，瘦削的老人笑眯了眼。只是，菜肴摆满了一桌，正中间是买来的佛跳墙，不是一品锅。没人想点破。

我好想完美复制一品锅，但太明白自己的能力。一如妈走后的每个腊月初八，我都想做咸腊八粥给爸吃，那是我们的私房粥，全球没处买，网络找不到，可我就是记不清，那一锅神秘的美满丰盛的粥，妈到底是用了几种米粮、多少种食材？

前年5月，爸也走了。原本对做菜缺乏兴趣的我，开始注意到自己的一个转变。只要走进厨房开始炖汤，锅里的丝丝香气就像蒸汽熨斗，可以神奇地抚平我的压力与焦躁。

炉边的我竟然不再紧绷暴跳了。会不会是妈妈在对我说："妹妹啊，这是你煮的汤，你不必做得跟我一样，就用你的想法，做出你的味道，让孩子永远记得……"放松后，汤变好喝了，于是我又做了疙瘩汤。儿子惊讶地望着我，说："妈，像耶！"

平静无波的汤，内敛的表情藏着海一般的深情，无边无际，永远宽容，让接下汤锅的下一代真实体会，传承并非复制，而是情感的延续。细火慢炖的滋味或有不同，但永远不变的是那一锅入魂、无从仿冒的独家真爱。

(摘自《读者》2015年第4期)

你出门去旅游

张佳玮

你出门去旅游之前，搜索各地名胜信息，对比无数风景照片，根据预算，排列价格。你决定了要去的地方，于是搜索攻略，打听不可错过的冷门景区，筹划时间，让自己的日程可以满满当当。你对比每一个酒店的环境，房间是否有无线网络覆盖和早餐。最后，你对这个地区的一切都已了如指掌，跟朋友聊起来，简直问一答十。要不是没有照片为证，你满可以张嘴说"我是那儿出生的"，朋友也肯信。

你终于出门旅游了。你出发前一晚紧张、愉快得无法入眠，早上醒来特意照镜子看自己脸色是否良好。你一路担忧着交通是否拥堵，从汽车到飞机每一个环节是否到位。你在飞机上想象着走出机场那一瞬间，异乡的情景、空气、味道将通过所有感官拥抱你，但想到下飞机、找车、入住等一系列细节，又不由得头皮发麻。

你听着音乐在异乡下了飞机，但这还不是旅游的开始。你会在出租车上东张西望，希望瞥见一些美丽的所在。比如，你在巴黎经过夏约宫会看见埃菲尔铁塔，你在东京经过新宿会看见歌舞伎町，你在罗马国家大道上坐车偶尔一斜眼会望见远处的斗兽场，就高兴得像个孩子一样，但那是第二天才开始的。你对自己说：旅行还没有真正开始呢。你真正意识到自己在旅行过程中，是在他乡吃第一顿饭时。菜单上的异国文字，只闻其名未曾谋面的菜式，都让你觉得自己真正到了远方。

你在酒店醒来，开始在异乡的第一天，真正的旅行才开始。你满怀壮志，依照自己制订的精密旅行计划，开始一一探访名胜古迹。第一天你的拍照热情总是最强烈，每张照片拍完，总恨不得立刻上传到社交网络上，让亲朋好友惊羡。你还得顺便普及教育一下这些所在的历史渊源，以便让大家羡慕之余，外加钦佩。第一天总是最饱满、璀璨又美好的，你在黄昏时候回到酒店，兴奋劲过去，才开始觉得累上心来。但不要紧，你想：这只是开始，以后的每一天都会如此快乐。

事实上，大多数时候，并非如此。

第二天、第三天、第四天，旅行安排依然璀璨华丽，但新鲜感开始退去。旅行的第一天像第一口巧克力或第一口啤酒，滋味令人惊艳，但当你的味蕾习惯了如此体验，你会慢慢厌倦。有时候，没等黄昏到来，疲惫已经袭上你身，你甚至可能在某个午后，划掉计划中的一些名胜古迹，"这地方估计也差不多，不去了"。然后溜回酒店，抖开被单，睡觉去。

你开始不那么热情了，不那么想跟人说话。黄昏时分城市里华灯初上时，你会被某件物品攫住，忽然觉得孤单得不行。天晓得是什么，也许是橱窗里一个闪亮的玩具，也许是一张只有鸽子跟你分享的长椅。你会看见陌生的人们喧笑走过，但那热闹是他们的。你明明在异乡旅行，许多东西触手可及，但又像是在隔着玻璃看一场流动的展览。

精密的日程安排，在末尾处已被你半自动放弃。越接近旅行末尾，你越处于一种惶惑之中。你觉察到时日无多，即将回去了，回到规律的、平静的生活中。你有点想回去，想回到自家的床上，喝自己习惯的饮料，看看书，看看肥皂剧，然后安然睡去，但你又不想这旅行就这样结束。你像是在周日出去闲逛了一天，在黄昏时，既疲惫得想回家，又想让这一晚无限延长。这时候你翻出那些逛过的名胜古迹的照片，会恍然有种错觉："等等，我真的去过那里吗？"

但是会有一个时刻，通常在旅行已近尾声时，给你留下永恒的印象。某个闲来无事的晴朗午后，你可能在等车，可能刚从一个博物馆后门溜出来想喝杯饮料，可能起床太早一时间没安排。你闲适地坐着，已经做好准备回到日常生活的怀抱，但还来得及给自己最后一点小享受。可能是一杯酒、一份甜点，听一首曲子，看看异乡建筑檐角的飞鸟和天空，你会忽然间觉得，这种安闲自在的感觉，从味觉、视觉、触觉、听觉等一切所在渗透到你的身体，就像异乡有灵魂，抚摸了一下你的头顶，跟你说了声再见。

你回到了故乡，开始继续过日子。你跟亲朋好友展示你拍的照片，滔滔不绝地说你旅行的见闻。但在日常生活忙碌之余，你在窗边站着，偶尔听见一首曲子——那首在旅行时自己常听的曲子——会忽然想起旅行中的种种：那些名胜古迹，那些饮料、食物与甜品，那些飞鸟和天空，以及那一会儿闲适自在、无所用心的时光。这才是一场旅行最美好的部分，虽然来得晚了些。

(摘自《读者》2014年第13期)

小时候的梦想哪去了
斌斌姑娘

关于梦想，这段时间最火的大概就是马云印在 T 恤上的那句话了：梦想还是要有的，万一实现了呢。成年人说梦想时经常畏首畏尾，说大了怕别人不以为然，说小了又担心别人嗤之以鼻，所以在成人世界里，梦想成了成功人士回顾往昔峥嵘岁月时最多的谈资。

而小时候的梦想就简单多了。

肖肖对南方没有暖气的冬天深恶痛绝，从小就对温暖的公共浴室产生了无限向往。所以，她的梦想一度是成为浴室管理员，"能整天在热气氤氲的环境中坐着，做梦也会笑吧"。

陈君的梦想是当火车站广播员，因为他从小就觉得"广播员很牛，他一开口，让哪趟车走，哪趟车就得走，让谁检票，谁就得检票"。于是，执着的陈君认认真真地练了七八年普通话。虽然他长大知道真相后忍不住掉了眼泪，但也有意外收获——后来念大学，他成为全校唯一过了普通话一级甲等的非专业学生。

浩二同学小时候喜欢军事，偶像都是亚历山大、恺撒、拿破仑之类的大英雄。鉴于和平年代用武之地颇少，他经常在吃饭的时候跟妈妈说"将来我要保家卫国"。妈妈白他一眼，说："家里的自留地被村主任的亲戚占了，你好好学习，先把咱这两亩地收复了再说。"

朱同学是标准的小清新，喜欢青草的味道，所以她小时候的梦想是做一个草坪浇水工，还得是清晨的那个班次，每天都能看到晨曦微露，青草挂着水滴。浪漫的阿冉喜欢看星星，所以想当天文学家，那是最接近星空的职业。热爱运动的小宇喜欢踢球，从小就迷上了足球解说员这一工作。

当然，小时候的梦想偶尔也会"跑偏"。务实的菲菲喜欢吃土豆，所以希望长大后嫁个种土豆的，这样就能每天吃个够。孝顺的小蔡希望自己将来能成为老板，这样就能让妈妈成为"老板娘"。我的微信好友里有个名叫"男"的女生，她在幼儿园时，特别想成为一只小狗——看家的那种，至于原因，这么多年来她一直都没有透露过。

在一个小范围的统计中，荣登"小时候的梦想"榜首的是小卖部售货员。大家的理由非常一致，可以每天吃不重样的零食而且不用给钱，这对每个小孩子来说都有着无穷的吸引力。排名第二的梦想是公交车售票员，原因千差万别：有人有与生俱来的强迫症，觉得撕公交车票的感觉特别爽，把零钱整理成一叠一叠的，也特有成就感；还有人则是因为很想要一个售票员身上背着的包。

还有很多梦想是由小时候的欲望衍生出来的：因为想免费看电影，希望成为电影院里的领位员；喜欢打游戏，想当游戏币售卖员；喜欢看连环画，想摆个小人书摊；喜欢漂亮文具，又开始羡慕卖文具的人……总而言之，因为小时候的零花钱数量有限，很多人最初的梦想都是那种可以不花钱就能满足愿望的"事业"。

很多人告诉我，小时候并不知道"梦想"意味着什么，只是单纯地喜欢。而我在长大后忽然发现，这些"梦想"隐约有种乌托邦的味道——想干什么的都有，干什么都是平等的。直到我们在作文本上写下长大之后想成为"科学家、医生、老师"时，童年就已经开始消失了。

黄姑娘小时候能在小人书摊前不吃不喝泡上一天，她曾经最大的梦想是自己也摆一个书摊，随时看，还不花钱。中学时，她的梦想升级了，想当小说家和漫画家。大学时，意气风发的她和同宿舍的姑娘决定今后"划江而治"，分别统领南北文坛。

如今，黄姑娘已经是两个孩子的母亲了，她说："当现实中逐渐有了学业、工作、生活的压力时，思考的问题就渐渐变成考试能不能通过，工作能不能获得升职，房租多少钱，孩子的奶粉从哪儿买……"至于小人书摊的事，她说自己都快想不起来了。

浩二同学即将大学毕业，这段时间他正在焦头烂额地找工作。"远期是挣大钱，开跑车；近期是把户口落在北京。"半戏谑半认真中，他已与当年的那个热血小男孩挥手作别。浩二说："我的梦想离我远去，很大程度上是因为我总是'做什么都需要别人的允许'。比如父母会说，你看那个谁谁谁，多么厉害，户口都落到北京了。这样，我也就希望自己终有一日能成为'别人家的小孩'。"

当然，也有些幸存下来的梦想。

普通话一流的陈君入了伍当了排长，在一线带兵训练，新兵中盛传他喊口令时隐隐有广播员的腔调。朱同学成了白领，每天清晨上班经过写字楼下的草坪，闻着青草的味道，她依旧很陶醉。

想当公交车售票员的那个"强迫症"成了秘书，把老板的一切都安排得井井有条，发票必须整理成一叠一叠的，码放整齐；泡茶用的柠檬片一定要切成3毫米厚，放3片。那个想成为小狗的叫"男"的女生后来从事了财务工作，工位就在财务室门口的第一个位置。她喜欢这个工位，只觉得坐在这里"就像看住了整个财务室"。

（摘自《读者》2015年第5期）

写 字

毕飞宇

　　当父亲的在做决定时往往心血来潮，这是父性的特征之一。一天清晨，父亲把我叫到他的面前，用下巴命令我坐下后，对我说："从今天起，你开始学写字。"这个决定让我很吃惊。
　　我才7岁，离"学习"这种严肃正确的活法还有一段距离。更关键的是，现在刚进入暑假，父亲的决定在这个时刻显得空前残忍。父亲是乡村小学里仅有的两名教师之一，而另一位教师恰恰就是我的母亲。我坐在小凳子上，拿眼睛找我的母亲。母亲不看我，只留给我一块背。我知道她和父亲已经商量好了，有了默契，就像宰猪的两个屠夫，一个拿刀、一个端盆。过去母亲可不是这样的。过去父亲一对我瞪眼，我就把脸侧到母亲那边，而母亲一定会用双眼斜视我的父亲。那样的目光就像电影里的消音手枪，静悄悄地就把事情全办了。
　　父亲是教识字的老师，母亲教的是识数。识字和识数构成了这所乡村小学的全部内容与终极目标。可关键是我才7岁，且又刚刚放了暑假。这段日子里我忙于观察我的南瓜——我亲手种的。我用我的小便哺育了它。即使人在很远的地方,我也会把小便保留在体内,到家之后幸福地奉献给我的南瓜。可是我的南瓜长得很慢,就像我的个子,一连四五天都不见动静。成长实在是一种烦恼。

现在,一切都停下来了。成长被放在写字之外,成了副业……学校总是有一块操场的,而这块操场在暑假里就是我家的天井了。操场不算大,但是相对天井来说它又显得辽阔了。因为写字,我整天被关在这个天井里头。我望着操场上的太阳光,它们强烈而凶猛,把泥土晒得又白又亮。写字的日子里我被汉字与大太阳弄得很郁闷,在父亲午睡的时候我望着太阳,能做的事情只有叹息和流汗。我的暑假分外寂寞。

这样的时刻,陪伴我的是我的南瓜。我听来的乡村故事和乡村传说大多缠绕在南瓜身上,被遗忘的南瓜往往会成精;而另一种说法更迷人,当狐狸遭遇追捕时,常会扑向南瓜藤,在千钧一发之际,它们会十分奇妙地结到瓜藤上,变成瓜。这样的事情我从未见过,但是,我向往南瓜身上的灵狐气息。基于这种心情,我主动向父亲询问了"南瓜""瓜藤"这组汉字的写法,但是父亲拒绝教我"狐狸"这两个字。由于没有"狐狸"这两个汉字做约束,狐狸的样子在我的想象里越发活蹦乱跳起来,水一样不能成形。

我的功课完成得相当顺畅,在"专制"之下我才华横溢,会写的字越来越多。我甚至主动要求写字,以积极巴结的心情去迎合、奉承"专制"。我在学字结束的时候十分讨好地说:"再写几个吧。"父亲便拉下脸来,说:"按我说的做。我说什么,你做什么;说多少,做多少。""专制"不领巴结的情,巴结只有服从。然而,我写字的瘾被吊上来了。在父亲让我休息的时候,我拿起一把锋利的小尖刀走上了操场。操场上热浪滚滚。我蹲在操场上,开始书写。一上来我就不由自主地写下了这样的一行:

"我是爸爸。"

我的字越写越大,越写越放肆。我甚至用跑步这种方式来完成我的书写。整个校园空无一人，我站在空旷的操场上，一地的汉字淹没了我。那些字大小不一、丑陋不堪，但是我感到痛快。我望着满地的疯话——它们难以解读，除了天空和我，谁都辨不清楚——我心中充盈着夏日里的成就感，充盈着夏日黄昏里痛苦的喜悦。

夜里下了一场雷暴雨。我听到了，睡得很凉快。

一夜的暴雨把操场洗刷得又平整又熨帖，干干净净，发出宁静祥和的光。所有的字都被雨水冲走了。我守望着操场，舍不得从上面走。

我决定要在这一天从父亲那里把"狐狸"两个字学过来，把我知道的狐狸的故事都写下来，写满整个操场……但是父亲没有告诉我"狐狸"的写法，而操场也面目全非了。操场的毁坏关系到一个人，王国强。一夜的雷暴雨冲坏了他家的猪圈。为了修理猪舍，王国强，居然把他家的老母猪和16只小猪崽赶到学校的操场上来了。我那光滑平整的操场表面被一群猪弄得疮痍满目。

夏日的阳光说刺眼就刺眼了。太阳照在操场上，那些丑陋的、纷乱的猪蹄印全让太阳烤硬了，成了泥土表面的浮雕。这些猪蹄印像用烙铁烙在了我的心坎上，让我感到疼痛，成为一种疤，抚不平了。

我走回家，我要对父亲说，写字有什么用！父亲刚好从家里出来，他怒气冲冲地问我："哪里去了？该写字了！"为了调动我的情绪，父亲为我写下我渴望已久的两个汉字——"狐狸"。父亲微笑着对我说："跟我读，húli。"这个世界哪里还有狐狸？哪里还有"狐狸"这两个字？所有的狐狸都沿着我的童年逃光了。天不遂人愿，这是失去狐狸的征兆之一。父亲说："跟我读，húli。"我读道："mǔzhū。"父亲说："húli。"我说："mǔzhū。"父亲厉声说："再说母猪就把手伸出来！"我主动伸出巴掌。这只巴掌受到了父亲的严厉痛击。父亲说："小东西今天中邪了！"我忍住泪，忍住疼。我知道只要把这阵疼痛忍过去，我的童年就彻底结束了。疼的感觉永远是狐狸的逃逸姿势。

（摘自《读者》2015年第5期）

笑对人生

韩春旭

微笑，这该是人间一幅多么令人心悦神驰的图画。

如果微笑能够真正地伴随着你生命的整个过程，这会使你超越多少自身的局限，获得多少人生真正的含意，使你的生命由始至终生机勃发，辉煌粲然。

微笑是最好的财富

一对我所熟悉的中年夫妇。他们同在一个化工厂上班，一位是电工，一位是仪表员。家庭也还算简单：一个8岁的儿子，一位近70岁的老母，他俩每月的工资加奖金不足400元。在20世纪90年代，穿要讲究些，吃要可口些，家里的摆设要高档些，这点钱的确像一条不够尺寸但却又不能不系的鞋带。他们皱眉头了吗？他们怨天、骂地了吗？

这是一个生活过得很有质量的小家。每当步入他们的居室，你都会寻到没有贪欲的淳朴安宁，感受到一种特殊的天然美好的真气。他们吃得虽然简单，但很会调配。今天煮小米粥，明天熬玉米糊；今天蒸一屉暄腾腾的肉包子，明天做一碗浓香的肉丁干炸酱。在别人看来最不好吃的咸菜疙瘩，经他们处理——切得精细，点上适量的香油、醋，吃起来却也格外爽口。

他们穿得虽然简朴，但并不比时髦人逊色。尤其春秋冬三季，一家四口穿的毛衣时常让你感到惊奇。什么乐谱线、双色线、长毛绒线……价格不贵但绝对新潮，夫人照着书，看着电视，几天就打出一件毛衣，图案古色古香。丈夫时常夸口说："我老婆织的毛衣，拿出去卖肯定是抢手货。"

他家墙上挂着用碎布拼贴的活泼之极的怪娃装饰画，还有用碎鸡蛋皮粘贴出静物图案的装饰画。让人一看就像小溪缓缓淌过，身心立即感到静谧。

两口子极热心帮邻居安灯，安抽油烟机，心甘情愿，尽心尽力。夫唱妇随，这不仅仅是两双巧手的结合。他们说："有钱多花，没钱少花，人不能让钱愁死，钱不多不可怕，只要日子过得实在，过得舒心。"望着孩子胖嘟嘟的小脸，望着老人心满意足的神态，望着他俩你撞撞我我碰碰你的亲昵举动，一种可以看得到和触摸到的幸福，一种真切而朴实的美，满满地洋溢在这个家庭里。

你说他们不富有吗？

微笑是最好的奖赏

北京一家大商场的经理，将我领到他们的高档化妆品柜台，指给我一位售货小姐，风趣地说："笑，有冷笑、假笑、麻木的笑。瞧这位小姐笑得不温不火、不媚不俗、亲切自然，是你要找的那种笑吧！"

映现在我眼前的是一位长得十分清秀、端庄而又显得极朴实的姑娘，她微笑着，冲我点点头，热情而又适度。经理说："她在这里已站了近10年的柜台，从没与人红过脸，吵过架，是多年的服务质量标兵。"

商店确是让人感到噪乱的地方，尤其热门货柜台，人拥着就像一堵墙，什么气味都向你无情地扑来，再加上喊你，拽你，没有一根千锤百炼的神经，很难预料在何分何秒，就会冲动起来爆炸一下。只见我身边这位小姐，仿佛骨子里就是一团温柔，面对着再叫再嚷的顾客，她不慌不乱，总是轻声细语地收钱递货，含着一脸甜润的微笑。一位打扮十分娇艳而满脸挂着尖刻的女士，怪声怪调地说："这化妆品都是骗人的东西，大家还愿上这个当?!"售货小姐和善地对她说："眼下一些化妆品不过关，用后皮肤起反应，您对哪种化妆品有意见，我们可以替你向厂家反映。"

是微笑，还是真情？女士脸上的尖刻换上了谦恭的笑容："我是说，我是说，眼下的化妆品换个包装就涨价，我们还买得起呀！"

她仍是微笑着，拿出一种化妆品建议着："这个产品人们都反映不错，价格也不贵，你不妨用用看。"

本是甩下几句牢骚就走的女士，此时不仅买了商品，心里还装着几分愧意："我这人说话直，别在意。"

她仍是笑着："没关系，欢迎下次再来。"

"面对着各种各样的顾客，你真的不烦吗？"我恳切地问。她平静地说："售货员要对自己的情感负责，其实往往是自己给自己带来了愤怒。当你有着微笑的时候，你就会换来微笑。"

再望眼前这位小姐，她确像一株美丽的百合，纯洁、安宁、动人。我以为她还没结婚，其实她已有了一个5岁的儿子。我打趣地说："你是卖化妆品的，是否时常更换最高级的化妆品？"她安静地笑着："说你不会信，我一直就用儿童擦的宝贝蜜。"

还用多说吗？望着她舒展、光泽、细嫩的脸，我想到多少女人因为怨恨而在脸上缀下僵硬的神情，增添了过多的皱纹。在这里我寻到了，微笑该是最好的美容，它就像一种无形而神奇的"能量"，当你充满宽容、祥和之气，真挚地依偎着它，它就会使你永远地美丽、迷人。

微笑是最美的童话

　　北京的一个寒冷的冬日。刀子似的风刮着，公共汽车站已经站满了人，已有 20 分钟没车来，人人都在瑟缩中渴望地等待。

　　一位老大娘焦灼地踱来踱去。有位小伙子握着女友的手，同老大娘搭了腔："老人家，冷不冷？"

　　"冷倒没什么，可让人起急呀！"

　　并不相识，但小伙子却安慰她："老人家，您别急，再耐心等一等。"他顽皮而幽默，"瞧您脸蛋冻得红扑扑的，年轻时一定很漂亮。"

　　他的话把周围等车的人逗笑了，老人家也笑了："小伙子，你可真会讲话。"笑，顿时冲淡了等车人的寒冷和烦躁。

　　车终于来了，小伙子热情地搀扶着老人上了车，又给找了座。"小伙子，把书包给我拿。"老人坐在那里，心还不安。小伙子笑着："您老就安心地坐着吧！"老人满眼的感激："你很善良，将来一定会有好报。"小伙子风趣地回答："谢谢您，我也祝您万寿无疆。"

　　拥挤的车厢里，一片爽心、开心的笑声漾起。这难道仅仅是瞬间的微笑吗？

　　当你骑车跑在街上，一个陌生人赶过来，微笑着对你说："小心，后边夹的东西要掉呀！"或者说："慢骑，你的孩子可在后边睡着了。"留下一个微笑，留下一句叮咛，他转眼消失在人海中。如果刚才你还怅然觉着在这个世界上自己孤零零，此刻，你却真实地感到，天是那么晴朗，树叶是那么浓绿，眼前一切都是那么悦目。这时你会在一种平和甜蜜中，校正自己看世界有些挑剔的眼睛。

　　当你走进办公大楼，面对着正在打扫卫生的清洁工，你微笑着，亲切地说声"你好",你收获的,绝不仅仅是同样的"你好"。在他回报给你的目光里,凝结着微妙的、滋润人心的神奇。

真的感情,真心的微笑,那该是社会多么难能可贵的真正的希望。也许,这仅仅是一个人心灵显露的小小部分,但是这微笑,不论怎样的微弱,它都会产生极远的波纹,它像山涧里的一股细水,会吸引、会凝聚、会勃发,它会让这笑孕育成无边无际的海洋,它会创造出温慈的、仁爱的、人类最美好的新世界。

微笑是生命的真诚

在一个普通的街心公园,活跃着一批特殊生命的人。他们的灵魂都曾经在死亡线上煎熬过。今天仍顽强地在天地间伸展着自己的生命。

这里有老年、中年甚至青年,这里是个抗癌俱乐部欢乐活泼的集体。再没有比懂得死亡的真实更能强化生命的了。每当太阳仁爱地从天边冉冉升起,他们就从四面八方聚到了一起,说笑着,锻炼着,呼吸着清新的气息,伸展着生命的欢乐。

一位行动极不方便的青年,他患的是骨癌,一条腿已经截去,大家对他格外热情,搀他走路,搀他起来坐下。在这里,生活无情地展现着残酷,但是人更为坚强。大家介绍说,这个青年酷爱文学,正在着手写一本书,而且他还正在恋爱,也是一位身患癌症的女青年,不久他们就将结婚。

望着他,眼光深沉而坚毅,清澈而明朗,神态不浮躁,不张扬,有着一种虚怀空阔无所不容的清凉。他很随便地说:"能活上一天,能活上一分钟,也该创造新天新地,也该让生命辉煌。"

这是一位超越了死亡的新人。面对这位青年,或者面对着迎面走来的盲人,难道我们还不实在地感到我们是多么的富有!设想,给你一百万,甚至一千万,你肯卖掉自己的双腿、双手,或者听觉、视觉吗?!

望着他们，我们不能不问自己，我们有什么理由还在那里无病呻吟，有什么理由对生活不充满自信，有什么理由不通达包容，有什么理由不去为这社会奉献、创造？

生命本身就该是光彩、壮丽和永恒，只要你在微笑中获得对生命的真诚。

(摘自《读者》1992 年第 6 期)

"邓老太爷"面面观

邓高如

我自入伍后,家父在乡下便"升格"为"邓老太爷"。邓老太爷70余岁,不识字而晓古博今,不做官而识官场之道,不是艺人而会编板书词话。

"邓老太爷"的文化观

入伍第一年,父亲请人代笔,写信问我在部队干啥。按当时的纪律规定,每次回信我都含糊其辞过去。父亲便和乡亲们猜测说:他恐怕干的是喂猪、做饭。于是来信单刀直入说,干这些活并不丢人,该说个明白让家人放心。

指导员特批我告诉父亲,儿在部队代理文书。

父亲请人读过信后沉默半晌说:"文书,我当农会主席时就有人干过这一职——做文案的,当不大!"

"文案",青年人听得少,视为稀奇,久而久之,十村八里都知道邓家公子在部队"做文案",于是褒贬不一。

话传到父亲耳朵里,他嗔声反驳:"做文案有什么不好!早年子,那川北行署主任胡耀邦不就是做文案的?"

文盲父亲对文化人历来敬重,学校老师到我家吃过一顿饭,他要到处讲好久。为什么独独对我"做文案"不以为然呢?

我是独生子,妹妹尚小。提干留部队后便隐忧父母亲年龄大了谁照料?我说二老干脆随军,要么在家里享清福,要么为食堂烧烧锅炉,或当个清洁工。

父亲脸色一变:"亏你说得出口,我会去干那种活路。农民就是种田的,我不到城里去!"事后母亲说自1949年以后,他编筐卖鸡之类从不干。有人喊他在街上摆个摊子,营业证都办了,他说那事不正统。还说,农民不种好田,高如们在部队吃啥!我孙子们的教师在城里又哪个供!原来,父亲处处求一个正统,固守一个本位:儿子当兵,就该操枪弄炮练武艺,"做文案"就偏了;老子当农民,就是耕田刨地种庄稼,进城烧锅炉就丢了本色。

儿子的"文案"做了几年,便有文章见诸报端。家乡人历来把文章的张扬,看成是一件光宗耀祖的事。他们眼里除了县长、省长,团长、师长外,就算教师、作家或者能写文章流传的人有学问了。我的消息、通讯、散文、杂文见报后,父亲来信问,为什么报纸、广播上经常有你出来,电视里又很少看到你呢?

但儿子在部队大机关做正经的"文案",他便常以此自慰自信。每回邮递员田坎边喊一声:"邓老太爷,儿子来信了!"从此一封信邮递员读一遍,左邻右舍的学生娃娃读一遍,全村传完还请村里最有学问的人再读。读着读着,信上有他们认不得的字,父亲就让人猜,读信人猜着往下读,父亲听着前言不搭后语,便叫更多的人猜;更多的人还是猜不出来,父亲就显出得意,我们高如写的字,硬是"麻"(难住)倒很多人。他学问深哩!赶场天便找中学教师猜,要再猜不出来,他积极性就更高了,托人找区委书记、区长猜。

一封信传看烂了，他才让人把这几个字模仿在下封信里，让说出正确答案。我的回信寄到家里，他请人读后又会说："还是我们高如的书读得深，那几个字他不说出来，周围的人哪个认得！"我探亲回家一身戎装，父亲喜欢陪我四处走走。那天，一远房亲戚新房里挂一幅蛇舞狂草，张旭笔风。主人说这是外乡一位民办教师送来的，已经"麻"倒了许多人。父亲胸有成竹地说这几个字高如认得。我不是研究书法的，上学又学的简化字，遇这类古体狂草，若词句背得还能读下来；若词句生疏，有些字就认不得。此时这一幅头一句"柳岸沙明对夕晖"的"柳岸"两字，用的繁写大草，"岸"字还把上中下结构变成了左右结构。于是我懵了半天开不了口。

父亲脸由红而青，由青而白，一甩袖子走了，回家半日不语，直到晚上喝过几杯酒后才说亏你还是做文案的官员，当着那么多人出我的丑。都怪那场"文化大革命"，书读浅了！其时眼眶里就有了泪水。

两件事联系起来，我看出父亲对儿子的希望是"博学"。

九十年代初，我带一批记者到南充某部采访，部队举办了内部舞会。公务完成后，我回家看望父母。进屋就感到父亲审视的目光，却又并不开口。

晚餐时，几杯烧酒落肚后，父亲发话了，高如，你们解放军在兵营还要"比武"啊？

我答，解放军是要比武嘛！

那"比武"有啥好处呢？

提高武艺，奖励先进呗！

那都奖励得呀？

怎么不能奖励？

搂着个姑娘"比"，还要奖励呀！

我这才明白他说的"比武"是跳舞。那天在南充跳舞时家乡来了熟人，定是他们告诉了父亲。

父亲说，搂着个女子你媳妇高兴不高兴？周围人说不说闲话？年轻人染上了女人可不是好事。

我解释说，城里人跳舞，就跟男女握手一样，高雅流行得很，不必大惊小怪。

父亲重重说了一句，曹操背时（倒霉）怪蒋干，董卓背时怪貂蝉。懂不懂？

"邓老太爷"的价值观

一九五八年"大炼钢铁"，使家乡的山山岭岭成了"和尚头——没得发了"。于是一九六四、一九六五年一日三餐的燃料也成了"七十二变后的孙猴子——没得法了"。父亲自告奋勇带一个组去广元挖煤。刨金子一样卖劲了一段时间后，他想起该给文盲妻子写封信，让她在家宽心。

这天夜里的煤油灯下，一伙小青年围着父亲，看文盲丈夫如何给文盲妻子写信。父亲见轰不走他们，就端开架子拖长声音叫道："书僮！笔墨纸砚侍候——"

这是他看戏时学来的台词。一青年将一张草纸铺在了他的面前，一支大拇指粗的老式黑杆钢笔摆在了草纸上。

父亲又道："书僮，老爷今天手懒得很，就由你捉刀代笔了！"

小青年们一阵大笑，可父亲并不在乎，继续以戏剧台词的韵味口述：

"吾妻——见字如面哩——"青年们竖起了耳朵，听下文更见精彩了：

"妻在家中不用愁，

夫在广元煤矿头。

"注意，这'夫'是丈夫的'夫'，不是'夫'人的'夫'啊。"

小青年们笑说，两个"夫"都一样，就跟你两口子都是文盲一样。

一样就好。父亲接着口述：

"白天吃的斤半米,

晚上睡在猪圈头。"

小青年们又哄笑起来。因为挖煤的民工太多,只好住牛棚、煤坑或者老乡的房檐下。

"昨天挖煤八百八(斤),

今天挖煤九百九。

只要社员煤够烧,

再苦再累不算啥。"

青年们发狂般叫好、鼓掌。他们怎么也没有想到一个文盲居然有如此出众的文采。

我参军的头一年夏天吧,因天气太热,队里的几头耕牛快死完了。父亲带两名小青年到达县山区买牛。当天走了四十多公里山路后,小青年说:"邓队长,这里离达县还有小三百里路,明天无论如何走不动了,还是去买张车票吧。反正是生产队出钱!"

不一会,父亲捏着三张票人手一张。小伙子们先是一喜,随后大叫:"你这个老家伙,买啥戏票!"

"今晚看《三关排宴》,王素芳演萧太后,过瘾得很哩!"——小伙子们垂头丧气地跟他进了剧场。这可能是父亲生平第一次到县城戏园子看戏,一见错落有致的座位,观众良好的秩序,猩红厚实的幕布,他的心就激动开了。大幕拉开,舞台灯光雪亮,武生武旦两路出场,长靠短打有招有数,一声悠扬高亢的帮腔贯透全场。父亲被这场面惊呆了,他不像城里老戏迷那样干脆利索地叫一声"好!"或者热烈鼓掌,而是连声高喊:"值得,值得呀!"

这喝彩声很特别,两个小青年劝他不要再喊,太山气。他不服气地吼道:"一分钱一分货。才三角钱就看这么大的场面,咋个还不值得?"

第二天,他仍然不买车票,凭着头天晚上一场好戏带给他的"邪乎劲",

步行三天到了达县，买了三头仔水牛，昼夜兼程回到了家乡。

全队人围着牛儿品评，高兴得像得了个胖儿子，夸头齐尾齐，毛光水滑，价格又比本地便宜得多，今年犁冬田有望了。

父亲此时却钻在饲养场黑乎乎的土灶前，给牛儿熬起了绿豆汤。他边往灶里加柴火，边打瞌睡。

母亲看完水牛就来看父亲，见他人累得变了形，就骂："你这老鬼，五十大几的人不要命啦！"父亲却不慌不忙地说："哪个不要命？空脚奀手走走路嘛，你看买回了多好的'牛儿子'，还不值得？"

"邓老太爷"的婚恋观

粉碎"四人帮"前夕，我结识了我的第一位恋人，便写信告诉了家人。父亲到军营开门见山说，我独儿子的终身大事，不见那女子一眼你们就结婚，我心里总不踏实。

女友闻讯赶来，大约"丑媳妇怕见公婆"吧，带来了她的同事——婀娜多姿的苏小姐。

闲扯一阵告辞而去，父亲问谁是我未过门的儿媳妇？

我这才想起，刚才没有说明各自准确的身份，便让他猜。

父亲说，如是那位单薄、瘦弱的姑娘，你娃眼力就差了。她言辞举止不太稳重，人又单薄，经不起劳累病痛。还有，人老了，她恐怕瘦得不成形式，就更没看头了。

那年代朝鲜电影《鲜花盛开的村庄》有口皆碑，农村胖姑娘"八百工分"家喻户晓。我说，你是不是认为"八百工分"才好呢？

父亲说，我倒不是这意思。你看清没有？那瘦姑娘脸上是搽了粉，化了妆的，是不易看到本色的。妆一洗掉，不是显得年龄大，就是肤色不健康。啥东西还是自然一点好哇！

父亲这次来队，还给未来儿媳妇出了一道特殊的考题……

我家乡把家庭主妇的针线活看得至关紧要，是聪慧与否的重要标志。我抽屉里总放着针线包，钉钉扣子、缀缀领章、补补尼龙袜什么的，总是自己动手。父亲见此却生了疑心：未来儿媳妇在城市长大，干部家庭出身，莫非根本就不会女红？

战友送我一个大型石膏维纳斯。这天父亲扯回二尺花布说，这石膏女娃娃光冬冬，不雅观。你们抽时间给她做件背心吧！我女友背身笑得前仰后合，我忙说这维纳斯是外国艺术品，本来就不兴穿衣服的。

父亲执拗地说，穿上衣服怕啥？你是军人，又不是外国人，摆这么一个光冬冬女人在屋里，部队首长看见了对你印象也不好。

我急了说：知道者，是你的主意；不知道者，说我们"宝气"。要做衣服你抱去做。我女友这时似乎听出了什么味道，拿起花布对着维纳斯比画几下，嚓嚓几剪，飞针走线起来。

父亲的眼睛立时大了，一动不动审视着未来儿媳妇量体、下料、穿针、走线的全过程。

然后他自找台阶说，其实，这背心不做也可以，那石膏女娃娃收起来不摆就是了。

一天晚饭后，宣传科长让我立即起草一份全师政治教育情况报告，明早交稿。

我动手写，父亲也像小时陪我做作业坐在身旁，一副进入佳境的欣赏神态说：做文章要心静，形容词要多用一点。你平时背那么多唐诗宋词，现在就该用上啦！

这时女友进屋，她找了《洪湖赤卫队》的内部票，要我陪她去看。

我犹豫起来。父亲在一旁说，业精于勤荒于嬉啊！日子还长嘛，非要今天晚上去？

我怕伤了父亲的心，定下心没去看电影，一直写到凌晨。躺在床上，父亲又开始教育我，你参军提干不容易，做学问更荒废不得。你看农村好多年轻人，一谈恋爱结婚后，就变得懒散没志向了。你看过川剧《逼侄赴科》、《刺目劝学》没有？父亲是个戏迷，他的许多知识，都是从戏剧中得来的。

我说不就是说的宋朝丞相潘必正年轻时，姑姑逼迫他离开恋人陈妙常去考状元吗？父亲又问，《刺目劝学》呢？

我笑说是解元郑元和结婚后，见李亚仙一双眼睛秋波荡漾，顾盼含情，就读不进书了。后来李亚仙就用绣花针刺瞎了自己的双眼，劝夫苦读考状元！

父亲大笑，为二十啷当的儿子居然懂得如此之多，而且对答如流，这一瞬大概是他一生中难有的幸福时刻了！

接着，父亲一本正经地说，儿子，我这次来部队，就是要当一当潘必正的观主姑姑，督促你好好干工作，好好做文案，也要劝劝你将来的媳妇，学学李亚仙……

(摘自《读者》1997 年第 11 期)

世界不见人,但闻人语响
周云蓬

别的孩子看电视动画片《铁臂阿童木》,我抱着收音机听电影录音剪辑,尤其喜欢上海电影译制厂的那些老电影,邱岳峰声音坏坏的,童自荣很帅,乔榛深沉,刘广宁很纯。那时还没听说过导盲犬,以及任何辅助盲人走路的电子设备,我走在沈阳的街头,拄着盲杖,全凭耳朵听声辨位。依照身边叮叮叮的自行车流,可以校正你走路的方向。到了路口也能听出来,你的侧面有车流人声滚滚而来。以至于后来我锻炼得路边停了一辆熄火的汽车,快撞到的时候也能通过声音反射觉察到。有人认为这很神奇,其实只要你闭上眼睛细心体察,前面是一堵墙还是一片广场,应该能够感知得到。那时就连最尴尬的寻找公共厕所也要靠耳朵,有一回误入女厕所,听到一声清脆的尖叫,马上迷途知返。听到没看到,不算流氓。

到了盲童学校上学,我们写字使用一个锥状的盲文笔,在盲文板上扎出一个个小点点。写字的时候桌子产生共鸣,咚咚咚的,有时班里几十个同学一起奋笔扎字，咚咚咚咚如万马奔腾。

再后来开始学乐器了。拉琴唱歌是我们盲人最古老的职业，跟算命、乞讨并列为三大谋生出路。论先天禀赋，我在音乐上只是一个中才，我有一些音乐天赋极佳的同学，只要街上汽车一按喇叭，或者暖气管气流阻塞发出"呜"的一声，他们就能在键盘上准确地敲出相对应的音高；80年代，春晚某首歌刚唱完，第二天他们就能把歌曲默写成谱子。所以，有很多天赋如莫扎特一样的盲童，只可惜后天缺少系统的音乐教育，没能成为音乐家。

再后来，我的文艺小心灵开始萌芽，想读泰戈尔了，便去隔壁师范学校找文学社的同学代读。念师范的多是女生，读着"夏天的飞鸟飞到你的窗前"，又婉转又好听，就算诗歌没听懂，光听声音也满心喜悦。到如今，回想起某本书，印象里不是象形文字，甚至不是书里的微言大义，而是某种波光粼粼的声音，有清朗的，有低缓的，成为我青春的年轮。

本来一辈子要靠手吃饭的——按摩，把人的肉揪起来再压下去，后来还是改行，靠耳朵了。到了北京，我把卖唱挣来的钱支出一大笔买打口带，别看打口带外表龇牙咧嘴，里面可真是进口原版的好音质。为了让耳朵更好地享受、感知音乐，我用卖唱半个月攒的五百多元钱，买了一个爱华的随身听，那是我流浪北京时最贵重的家用电器。那时听音乐真是入心哪，一张鲍勃·迪伦听烂为止，一套鲍勃·马里听得走路吃饭连同晚上做梦都踏着雷鬼音乐的节奏。

当然，生活不仅仅是音乐，耳朵也经常能听到冷言冷语、嘲讽、阴阳怪气，甚至仇恨。那时常听到人说的不可理喻的话就是"可怜之人必有可恨之处"。谁请你可怜了！可怜人又不是宠物，有义务总是可怜见儿的吗？或许可怜别人可以把自己升华成贾母那样的角色。有一次在圆明园，走路时把路旁的自行车撞倒了，车后座的瓶子摔碎在地上，我赶忙向车主人道歉，说我可以赔偿，那小伙子很愤怒，向我大吼："一瓶刚买的酱油摔碎了，你赔得起吗？"这样的刺激，耳朵比心灵记得更久。

21世纪，自己进录音棚录了个人专辑。晚上关起门拉上窗帘，在屋子里偷偷听自己的歌，就像在一间空房子里遇到一个克隆的自己，又尴尬又陌生，还有点近亲结婚的负罪感。

生活越来越喧嚣，每个人都更大声地说话，捂着耳朵拼命表白。可能音乐在一百年前比现在的音量小得多，由于世界本身安静，耳朵听了一样震撼。听六七十年代的音乐现场录音，就算最噪的乐队，它的低音和总的音量分贝，比起现在，也只算是浅吟低唱。世界将越来越吵，人类的耳朵会越长越大。可能将来自家人晚饭时聊天，每个人都得拿个麦克风。可那样的世界对于失明的人就苦了。我80年代在沈阳走街串巷如闲庭信步，90年代在北京经常背着音箱挂着盲杖从北大去西单卖唱。

到21世纪不行了，城市巨大的轰鸣湮没了我的听觉，汽车按喇叭的声音、街边店放的音乐夹杂着叫卖的声音、广场上健身者播放舞曲的声音，那是狭路相逢勇者胜，一声更比一声高。我站在街上，真是眼又盲，耳又聋，寸步难行。偶尔到大饭店吃饭，人们隔着桌子如喊山般："老周，你好！"真是咫尺天涯啊。

耳朵跟我说：你年龄大了，不需要总混江湖了，能不能带我去个安静的地方——听听风吹竹林，雨打屋瓦，"月出惊山鸟，时鸣春涧中"，"空山松子落，幽人应未眠"，听安静的人小声说话，听枕边人均匀呼吸。夏天的飞鸟飞到你窗前，叫了一声，耳朵就醒了。

（摘自《读者》2015年第17期）

钟繇字帖

王澍

我练字有一个过程。最早练字没有字帖。小学 4 年级时，老师让我们描红（楷书），我在家里翻出一本关于隶书的书，就照着写。本以为没按老师要求写楷书会挨骂，没想到老师说写得好。因为被老师表扬，我就整天狂写。一本书里的字不够用，我就自己搜集，比如看到一本书的书名，在街上看到哪儿有隶书，我都记住，拼出一本自己的"隶书字帖"。而且我写得非常熟练。

到中学，我们班上的黑板报都是我包办的。那时，我们家对门住着我父亲所在剧团的一位话剧导演，他见我一小孩儿整天写字，问："你有字帖吗？""没。""那我送你一本。"那是我得到的第一本真正的字帖，是欧阳询《九成宫醴泉铭》，非常好的宋拓本。第一次拿到一本字帖，有种肃然起敬的感觉。因为那些字明显跟我以前练的不一样。我以前就是野路子。但它呢，有一种气质，那是一种君子之气、学堂之气。因为欧阳询的字是非常标准的，后世考科举时学子答卷所用字体基本是从欧体演变出来的。以后我就练欧体。我大概属于容易痴迷的人，一旦练起来，就废寝忘食。1976年，唐山大地震对西安也有很大影响，大家不敢回家，都住在大地震棚里。我们在地震棚里住了一年，闹哄哄的忙乱场景中，总能看到一个小孩儿整天蹲在桌子边练字……乱练之后，你会形成一些毛病。重新临帖，你就像重新跟一个老师，练新字（欧体）的过程就等于在改毛病。我一直写，也不清楚自己是否有长进。但是知道自己写了之后，眼睛开始"好"起来。那时候，我经常跑去西安碑林——如果不写《九成宫醴泉铭》，我对唐碑不会有兴趣。从我们家走到碑林，去3个小时，回来又3个小时——没有钱坐车，都是步行。我整天在那儿看，没有带纸笔，是在用心读。几乎每个周末我都去，持续了整个中学阶段。由此，我养成了一个习惯，除了看整体的气象，还会一个字、一个字读，会在心里头写……所以到现在为止，我都说："字是在心里写的。"

我练字真正有老师指导，是在上大学以后。当时，我参加了学校的书法社团，书法社请了南京艺术院的研究生黄惇（现在是著名的书法家）当老师。我跟他学篆书、汉隶，还学金文。我练了很长时间《张迁碑》。基本整个大学期间，我都在练上古时期的书法，直到20世纪90年代末，我还在写篆书。体会当然不一样。唐人很有法度，但有个问题，我们对这个世界最直观的或者最原初的那种浑然一体的认识，唐人显然是不具备的。因为到唐代的时候，社会已经开始高度分工，开始专业化；人们在面对一个事物时开始一件一件地拆开理解，拆开之后才有道理，拆开之后才有法度的产生，一切事物都变得有规矩、清楚、明朗。最原初的那种浑然一体的带有一点点神性的东西，在唐人那儿是没有的。唐人有庙堂气，但没有自然的神性。这就是我通过练习上古书法得到的感受。

大学毕业之后，事情太多，我练字没有那么连贯频繁了。重新捡起来是我到同济大学读博士的时候。那时候我练的字，主要是散氏盘铭文，比篆书还要早。青铜器上每个只有小拇指盖那么大的字，我却都写得像拳头那样大，用大张的纸，写好挂在墙上，朋友来了可摘两张走。

而说到钟繇字帖，我是从2000年回到杭州做象山项目时开始临习的。自此，我开始对精微的东西感兴趣。那几年，我一直把字写得像拳头那样大，突然灵机一动，又把字写得像指甲盖儿那么小。这是一个人心境的变化。我对规矩的有和无之间的事感兴趣。钟繇，我们都说他是楷书之祖。之前，他把隶书写出来，有点儿像楷书，但是按唐人的标准，这又太像隶书，它就是那么一种字，也有人把他的字叫真书。还有一个很重要的因素，性情。因为这是魏晋时代的字，《世说新语》时代的字，所以他的气质不一样。他知道有规矩，同时他也敢放浪形骸。我对那个时代有一种向往。钟繇是帖学这一路，我以前临的是碑，碑上的字是在石头上用刀刻出来的，你再怎么练，都会有一种"碑气"，或者说是一种"刀刻气"。写很大的字，用很大的力气，力透纸背，恨不得把纸写烂了，这就是典型的碑学。康有为就特别推崇碑学，贬低帖学。帖学的字从来不大，是要写在纸上的，人们学的也是写在纸上的帖，能看到笔锋落在纸上的那种微妙之处。从这时起，我相当于改宗了，自己给自己换了一个老师，转到帖学上去。从此，整个人的气息都变得温润、柔软起来。

中国的艺术特别好玩儿，既要想又不能想。你在写的时候，不能多想，可是你又必须同时很清醒地意识到你在写。就像一个人分裂成两个，你在写的时候，另外一个你就站在旁边看着。像传统戏曲，除了唱之外还要关照动作，所以分神；如果按现实主义完全入戏的话，就不可能做出动作。所以这种艺术是介入主客观之间的、很特别的一种文化传统。既不能说纯主观，也不能说它不客观。我写，我知道我在写，我又不能太知道我在写。我不能停滞。

钟繇的字我很佩服，你把他的小字放到一拳大，一点儿问题都没有。这里说的小不是绝对的，包括园林也是一样。园林的核心就是8个字：小中见大，大中见小。其实这对书法一样适用。它对我的影响也是很直观的。比如我练钟繇之前，欧阳询《九成宫醴泉铭》对我的影响其实是很深的，所以之前我的建筑都做得比较高峻，重心也高，看上去俊秀挺拔，好像一个清俊高大的书法字站在那里，很帅。但是钟繇不一样，他（的字）朴厚、重心低。到我做象山项目时，建筑就有一种蹲伏的感觉，基本的气质就改变了，既舒展，又温润。要说舒展嘛，魏晋是个比较有舞蹈气质的时代，宽袍大袖。比如画一根线，唐朝可能画这么长，魏晋要画这——么长！做象山项目，尤其二期做完之后，有一位教艺术史的老太太说："这个时代还能做出这么长的线，这个线比沈周的线还长！"因为沈周的线比文徵明的长，他是能连接前面时代的特殊的人。

我记得项目里面那幢临水塘的楼（14号），一条线一开始做48米，做做做，反复地改，我又把它改成了60米，最后出图纸之前，我又改了一遍，改成72米。这不是简单的物理长度，它是指你待在一个院子里，你感受到的那个宽面儿、那个空间的长度；就是当我站在院子里往外看的时候，就像我呼吸一样，看这口气到底有多长。比如做48米，似乎没有问题，但感觉和远山的关系，还没完全建立起来就结束了。所以再加长。加长的时候所有元素都要随之变动，要重新整理一遍。后来想来想去，做到72米。此时，人的眼睛看的时候，已经不能把握它，开始有一点儿恍惚，这个时候正好。这种体会是和练字有关的。

（摘自《读者》2018年第7期）

憨哥这十年
章 洋

　　憨哥并不傻，只因他为人忠厚、诚实，熟知他的人都美其名曰"憨哥"。
　　90年代初，社会上盛行"下海"，憨哥认为这是他发家的大好时机，便不顾家人的规劝，毅然到单位办理了停薪留职手续，只身投入商海。刚开始经营时，憨哥凭借其优质的产品、合理的价格、热情的服务，很快赢得了市场，生意日渐兴隆。憨哥的事业正如那初升的太阳，蒸蒸日上。"天有不测风云"，正当憨哥想谋求更大发展时，国家对他经营所属的行业在政策上进行了调整。几乎是在一夜之间，憨哥的货物再也卖不出去。为降低损失，憨哥找门路、托朋友，忍痛把所有库存货物低价处理掉，仅此一项净亏8万，贷款还未能如期收回。没几天，憨哥便两鬓飞霜，仿佛年长了10岁。
　　背负一身的债务，拖着满身的疲惫，憨哥重新回到单位上班。没过多久，单位因经济效益差，濒临破产，急需进行改组，实行人员优化组合。憨哥因无力支付承包金而未能承包到柜台，夫妻双双都被单位"优化"掉了。

这无疑又在憨哥带血的伤口上撒了一把盐。再次身受创伤的憨哥回到家中，深感无脸见人，整天足不出户，黯然神伤。然而，家庭生活的重担和债主多次上门逼债，哪能容得下憨哥这样"躲进小楼成一统，管他春夏与秋冬"呢？

为谋生计，憨哥向朋友借钱买了辆三轮车从事货物运输。在一次送货中，憨哥一不小心从车上掉下来，当场摔断了股骨。后经四处求医问药，他总算站了起来，但走起路来一瘸一拐。医生说他是股骨坏死，到大医院方能治好。可是，要凑足不菲的医药费，对他来说比海底捞月还难。憨哥说，他那条病腿怕是"终身制"的了，够他后半生"享受"。

力气活憨哥是干不成了，就在家开了个小店，微薄的利润难以养家糊口，妻子只好到市场上卖小菜，以求补贴家用。每当落日衔山、暮色苍茫、鸡栖敛翼时，憨哥时常独坐在店前，凝视着远方，任凭泪水洒落衣襟。

一年，憨哥的长子考上了大学。他又喜又忧，喜的是儿子的人生有了个良好的开端，命运总算向他敞开了久违的笑脸；忧的是儿子上学近万元的费用从何而来？思虑再三，憨哥决定用房产证做抵押，到银行办理贷款。于是，他就整天一摇一拐地往返于各银行和家之间，磨破了嘴皮，磨平了鞋底，找关系，托熟人，直到儿子上学的前几日，憨哥仍未贷到半个子儿。憨哥感到非常气愤："国家明明有政策允许贷款助学，怎么就没有一家银行肯贷给俺呢？"儿子看到父亲整日拖着不便的肢体为他劳碌奔波，心疼得直掉泪，哽咽着对父亲说："爸爸，求您别再跑了，这书我不读了……到外面打工挣钱算了。"沉默良久后，憨哥抬手擦了擦眼中的泪水，说："孩子，爸爸虽没什么能耐，但就是要饭、砸锅卖铁，我也要供你读大学！"憨哥的亲戚、朋友知道他的窘境后，都纷纷送上三五百元钱来资助他。终于，在孩子上学的前一天凑齐了学费。

儿子上学后，憨哥开始为孩子每月至少200元的生活费犯愁。这天，憨哥一脸苦涩地对妻子说："孩子他妈，你把你每天卖小菜的钱瞒着我拿7元放到家里的储蓄罐中，对我报营业额时少报 7 元，等凑到 200 元时把它寄给儿子作为月生活费，以免我把这钱又占用着去进货……"

　　经过了人生中这么多的风雨，憨哥每天仍像陀螺一样在为生活不停地旋转着，虽然累，却很安然。看到两个非常懂事的孩子，憨哥认为幸福生活已离他不远了……

（摘自《读者》2001 年第 1 期）

山中少年今何在

铁 凝

20世纪90年代,一个初秋的下午,我在一个名叫小道(向山杏们打听过的小道)的村子里,顺着雨后泥泞的小路走进一户人家,看见在堆着破铁桶和山药干的窗台上靠着一块手绢大的石板,石板上歪歪扭扭地写着3行字:

太阳升起来了,

太阳落下去了,

我什么时候才能变好呢?

问过院子的女主人,她告诉我这是她9岁的儿子写的。我又问孩子是否在家,女主人说他割山韭菜去了。那天我很想看见这个9岁的深山少年,因为他那3行字迹歪扭的诗打动了我——我认为那是诗。那诗里有一个少年的困境、愿望,他的情怀和尊严,有太阳的起落和他的向好之心。那天我没有等到他回家,但我一直记着石板上那3句诗。今天那个少年早已长大,或许还在小道种地，或许已经读书、进城。假如在21世纪的今天，我把他的诗改动一个字，变成"太阳升起来了，太阳落下去了，我什么时候才能变富呢"，我还会认为这是诗吗？

与其承认这还是诗，不如承认这是合理的欲望。如同16世纪葡萄牙诗人在欢迎他们的商船从海上归来时那直白的诗句："利润鼓舞着我们扬帆远航……"

"利润"这个词嵌入在诗行中看上去的确令人尴尬，但文学的责任不在于简单奚落"变富"的欲望，因为变富并不意味着一定变坏，而"变好"并不意味着一定和贫穷紧紧相连。文学在其中留神的应该是"困境"。贫穷让人陷入困境，而财富可能让人摆脱某些困境，但也有可能让人陷入更大的困境。最近我在一篇讨论当代中国乡村价值变化的文章中读到，消费经济时代的突然降临，让许多没有足够心理准备和文化准备的村民，无暇也无力去做其他可供想象的人生筹划。多挣钱以确立存在地位的欲望压倒了这些，他们被迫卷入人与人之间一场财富竞赛的长征：争盖高楼，喜事大办，丧事喜办，以丧失尊严来换取自以为的"面子"。中央电视台曾经报道过南方的一些农村，有人在办丧事时请演出团跳低俗的舞，因为花得起钱而在邻里间"挣足了面子"。这让人瞠目，让人想到说的虽是村民，但又何止村民？我的一位北京亲戚，当年住在四合院一间3平方米的小屋里，如今他在为自己选购汽车时，打开一款已属高档车的车门，竟皱着眉头不满地连声说："后排座空间太小，空间太小！"所有这些，更让人思考一个国家在富强地崛起时，文明在何处以何种面目支撑。文明是对人之所以为人的制度性守护，是对人性尊严所必需的自由平等的捍卫。这也正是其价值魅力所在。

生活在前进，高科技日新月异。人类的物质文明在过去200多年里发生的变化远远超过了之前的5000年。但我们也应该看到，相对于人类有文明史的5000年，200多年的时间还是太短了些。更何况，若从非洲南方古猿走出森林开始算起，人类生理和心理的进化至少已经历了500万年。有人类学家称，几乎所有人都对蛇有与生俱来的恐惧，这源于人类祖先早年在丛林中生活，无数代人与蛇共处，很多人失去生命，因此已把这种警觉融入人类的基因代代遗传。当200多年的进步使人类仿佛已经成为这个星球唯一的主宰的时候，我们是否真正知道欲望将把自己带往何方？我们是否真正明白自己造成的这所有变化的结果和含义？人类恐怕还要用更漫长的时间去领悟，以让灵魂跟上变化的脚步。今天，我们对世界的理解不断加深，我们的生活水准不断提高，我们的物质要求也一再扩大，虽然我愿意赞美高科技带给人类的所有进步和财富，但我还是要说，以财富和物质积累为核心诉求的变革，不能仅仅成为一种去伦理、去道德、去乌托邦的世俗性技术改革。巨大的物质力量最终并不是我们生存的全部依据，它从来都该是更大精神力量的预示和陪衬。这两种力量会长久地纠缠在一起，互相依存，难解难分。它们彼此对立又相互渗透，构成了我们内在的思想紧张。而文学要探究的领域，也应该包括这种紧张。

为什么我常会心疼和怀念瓦片村的山杏和她的一家？为什么处在信息时代的我们，还是那么爱看电影里慢跑的火车上发生的那些缠绵或者惊险的故事？我不认为这仅仅是怀旧，我想说，当我们渴望精神发展的速度和心灵成长的速度能够跟上科学发明和财富积累的速度，有时候我们必须有放慢脚步回望从前的勇气，有屏住呼吸回望心灵的能力。从这个角度来说，文学最深层的意义和精神可能是保守的——即使以最先锋的形式呈现出来的文学。保守或许对科技创新有害，但在善与恶、怜悯与同情、爱与恨、尊严与幸福……这些概念中，并不存在进步与保守的问题。因为永恒的道德真理不会衰老，而保卫和守望人类精神的高贵，保卫和守望我们共同生存的这个星球的清洁与和平理应是文学的本意。在人类的欲望不断被爆炸的信息挑起、人类的神经频频被信息蹂躏的物欲时代的喧嚣中，文学理应发出它可能显得别扭的、困难而保守的声音，或许它的"不合时宜"将是真正意义上的先锋！也因此，文学将总是与人类的困境同行。也因此，文学才有可能彰显出独属于自己的价值魅力。

太阳升起来了，

太阳落下去了，

我什么时候才能变好呢！

我还是记起了深山少年写在石板上的这简单的句子，因为这里有诚实的内心困境，有稚嫩的尊严，更有对"我"的考问和期待。"我"是充满欲望和希望的少年，少年是人类世界的未来。

人，什么时候、怎样才能变得更好呢？

(摘自《读者》2012年第12期)

拴马桩

贾平凹

上个世纪 90 年代，西安人热衷收藏田园文物。我先是在省群众艺术馆的院子里看到了一大堆拴马石桩，再是见在碑林博物馆内的通道两旁栽竖了那么长的两排拴马石桩，后又在西北大学的操场角见到了数百根拴马石桩。拴马石桩原本是农村人家的寻常物件，如石磨石碾一样，突然间被视为艺术珍品，从潼关到宝鸡，八百里的关中平原上对拴马石桩的抢收极度疯狂。

据说有人在城南辟了数百亩地做园子，专门摆列拴马石桩，而我现居住的西安美术学院里更是上万件石雕摆得到处都是，除了石鼓、石柱础、石狮、石羊、石马、石门梁、石门墩、石磙、石槽外，最多的还是拴马石桩。这些拴马石桩有半人高的，有一人半高的，有双手可以合围的，有四只手也围不住的，都是四棱，青石，手抚摸久了就起腻，发黑生亮。而拴缰绳的顶部一律雕有人或动物的形象，动物多为狮为猴，人物则千奇百怪，或嬉或怒或嗔或憨，生动传神。我每天早晨起来，固定的功课就是去这些石雕前静然默思。我觉得，这些千百年来的老石头一定是有了灵性的，它们曾经为过去的人所用，为过去的人保平安和吉祥。在建造时有其仪式，在建造过程中又于开关、方位上有其讲究，甚至设置了符咒，那么，它们必然会对我的身心有益。

地面上的文物是一茬一茬地被挑选着，这如同街头卖杏，顾客挑到完也卖到完，待到这些拴马石桩之类的东西最后被收集到，才发现这些民间的物件其艺术价值并不比已收集了的那些官家寺院和陵墓上的东西低。西安是世界性的旅游城市，可大多的游客只是跟着导游去法门寺、去秦始皇兵马俑博物馆，在那如蚁的人窝里拥挤，流汗，将大把的钱扔出去。他们哪里知道骑一辆单车到一些单位和人家去观赏更值得玩味的拴马石桩一类的石雕呢？我庆幸我迁居到了西安美术学院，抬头低眼就能看到这些宝贝，别人都在"羊肉泡馍"馆里吃西安正餐的时候，我坐在家里品尝着"肉夹馍"小吃的滋味。

我在西安美术学院的拴马石桩林中，每一次都在重复着一个感叹：这么多的拴马石桩呀！于是又想，有多少拴马石桩就该有多少匹马的，那么，在古时，关中平原上有多少马呀，这些马是从什么时候起消失了呢？现在往关中平原上走走，再也见不到一匹马了，连马的附庸骡、驴，甚至牛的粪便也难得一见。

有这样一个故事，说有人学会了降龙的本领，但他学会了降龙本领的时候世上却没有龙。如今，马留给我们的是拴马的石桩，这如同我们种下了麦子却收到了麦草。好多东西我们都丢失了，不，是好多东西都抛弃了我们。虎不再从我们，鹰不再从我们，连狼也不来，伴随我们的只是蠢笨的猪、谄媚的狗，再就是苍蝇、蚊子和老鼠。西安的旅游点上，到处出售的是布做的虎。我去拜访过一位凿刻了一辈子石狮的老石匠，他凿刻的狮子远近闻名，但他去公园的铁笼里看了一回活狮，他对我说：那不像狮子。人类已从强健沦落到了孱弱，过去我们祖先司空见惯并且共生同处的动物现在只能成为我们新的图腾艺术品。我们在欣赏这些艺术品的时候，更多地品尝到了我们人的苦涩。

在关中平原大肆收购拴马石桩一类石雕的风潮中，我也是其中狂热的一员。去年的秋天，我们开着车走过了渭河北岸三个县，刚刚到了一个村口，一个小孩扭身就往巷道里跑，一边跑一边喊：西安人来了！西安人来了！巷道里的木板门立即都哐啷哐啷打开，出来了许多人把我们围住，而且鸡飞狗跳。我说：西安人来了怎么啦？又不是鬼子进了村！他们说：你们是来收购拴马石桩的？原来这个村庄里的石桩已经被来人收购过三次了。我们仍不死心，还在村里搜寻，果然发现在某家院角是有一根的，但上边架满了玉米棒子，在另一家的茅坑还有两根，而又有一家，说他用三根铺了台阶，如果要，可以拆了台阶。这让我们欢喜若狂，但让人生气的事情立即发生了，他们漫天要价，每一根必须出两千元，否则只能看不能动的。当十年前第一次有人收集拴马石桩，他们说石头么，你能拿动就拿走吧，帮着你把拴马石桩抬到车上，还给你做了饭吃，买了酒喝，照相时偏要在院门口大声吆喝，让村人都知道西安人来到了他们的家。而稍稍知道了有西安人喜欢这些老石头，是什么艺术品，一下子把土坷垃也当作了金坨子。那一次，我们是明明白白吃了大亏购买了五根拴马石桩。

也就在这一次收购中，我们明显地感觉到农村的萧条，几乎到任何一个村庄，能见到的年轻人很少，村口或巷道里站着和坐着的多是一些老人和孩子，你询问有没有拴马石桩，他们用白多黑少的眼睛疑惑地看你，然后再疑惑地看停在旁边的汽车，说：那得掏钱买哩。我们说当然要掏钱的，他们才告诉你有或者没有，又说：还有牛槽的，还有石门墩哩。领着你去看了，或许有一根两根，不是断裂就是雕刻已残损得失去形状，但他们能拿出石门墩、牛槽来，还有石碌碡，打胡基的础子，砸蒜的石臼，都是现代物件，说：买了吧，我们缺钱啊。看得出他们是确实缺钱，衣衫破烂，面如土色，每个老人的后脖颈都壅着皱褶，晒得黑红如酱，你无法不生出同情心来。

被同情之人必有可恨之处，也就是这些人，和你论起价来，要么咬一个死数，然后就呼呼噜噜吃他的饭，饭吃完了又一遍一遍伸出舌头舔碗，不再出声；要么巧舌如簧，使你毫无还嘴之机。买卖终于是做成了，我们的车却在另一条巷里受阻，因为有人家在办丧事，一群人乱得像热锅上的蚂蚁，急声催喊着快去邻村喊人，他们有气力的劳力已经极少，必须集合两个村或三个村的青壮劳力方能将一具棺材抬往坟墓。在一片哀乐中，两个村庄的年轻人合伙将棺材抬出村去。我不禁有了一种苍凉之意，千百年来，农民是一棵草一棵树从土里生出来又长在土上，现在的农民却大量地从土地上出走了。马留给了我们一根一根拴马的石桩，在城市里成为艺术品，农民失去了土气，游荡于城市街头的劳务市场，他们是被拔起来的树，根部的土又都在水里抖涮得干干净净，这树能移活在别处吗？

　　开着收购来拴马石桩的车往城里走，我突然质疑起了我的角色，这是在抢救民间的艺术呢，还是这个浮躁年代的一个帮凶或者帮闲？

　　当西安美术学院分配了我那套位于一楼的房子时，窗外是早栽竖了三根拴马石桩的，我曾因窗外有这三根拴马石桩而得意过，而现在，我却为它们悲哀：没有我的时候是有马的时代，没有了马的时代我只有守着拴马石桩哭泣。

（摘自《读者》2014 年第 23 期）

1998年，关于洪水的回忆

小白兔白也青

大江东去浪淘尽，千古风流人物。

这是一代文豪苏轼先生在我曾经所在的小城临江写下的千古名句，可惜历经千年江水的冲刷，河道早已不复流经原来的地方。

小的时候想看一看长江，必须沿着长长的江堤走很久，到一个叫作森林公园的地方，沿着江堤内侧的台阶而下，进入到森林公园里，路过一条长长的小径，穿过一眼望不到尽头的安静得可怕的高大的树林，然后感受着路面一点点地变软，最终行至江水边的黄沙地。浑浊的江水轻轻地拍抚着岸边，沿着江水回退的方向放眼望去，是一条黄色的平静的水带，很难与"乱石穿空，惊涛拍岸，卷起千堆雪"联系在一起。长江，作为母亲河，我小的时候只感受到它的遥远和安详。

1998年的夏天，我第一次也是唯一一次看到了江水漫至了江堤。我曾经走过许多次的森林公园，连着公园的建筑物的屋顶和公园里树木的树尖，都被江水吞没，那一条不知几公里长的走向江边的小径也消失在水里。江水近在咫尺，距离江堤上的散步行人道，只有不到一米高的距离。

这确是我见过的我家那一带长江最高的水位。1998年过去后，森林公园和被江水吞没的建筑物又重新从水里探出来，为防患于未然，市里开始进行了长达几年的江堤巩固加高工程——据说当时的水面再涨下去，以我们那一块堤坝的建筑质量，可能就会承受不住压力，发生决堤。

即便是历史最高水位，我所亲眼看到的长江，仍然是平和的，在距离江堤不到一米的位置，细小的浪花安静地荡着，仿佛与新闻里那个风声鹤唳的世界没有关系。

那年夏天，电视里播放着全国各地暴雨、决堤、泄洪的画面，电视剧的下方滚动播放着汛情警告，武警部队和战士们将沙包扔入洪水，转眼就被席卷而走，为了堵上决堤，有人跳进水里，却跟沙包一样被江水吞没，领导人的讲话、烈士的事迹、家园被摧毁的人群的眼泪，不断地上演在荧屏，传达到全国各地的家家户户。

不断通过新闻得知汛情的居住在长江边的我们，虽然没有看到洪水的汹涌可怕，但也开始陆陆续续筹划着洪水来临时如何避难。我父亲信心满满，认为我家在区域地势最高的位置，即使决堤发生，也是最后被淹没的地方。我母亲却带着我一起避入了乡下，投奔她娘家的亲人、我唤作舅伯的人家那里。不管怎样，我回到了小时候热爱乡下，在那里我母亲对我疏于管理，不用没完没了地做作业，到处是天大地大快活的好去处。

我们花了大约两倍的时间才回到我母亲的娘家，公交车走的临时线路，路边池塘的水位与路面几乎持平，有的甚至没过路面，车辆不得不小心翼翼地减速行驶。好不容易到了舅妈家，舅伯对她的欢迎却没有往常隆重。我母亲在出嫁后离开了农村，之后又帮忙把舅伯家的表哥带离了农村，转成了城镇户口。二十年前乡村的青年都想往外走，母亲因为城里人的身份和把表哥变成城里人的功劳，在舅伯家享有格外的尊敬，牌局总是一档接着一档，野味不断地被采摘捕捞，用质朴却不失鲜美的方法烹饪好端上餐桌。

那次舅伯明显忙得有点无暇顾及帮我母亲组织牌局和打野味，他是村里的大队长或是支书一类的人物，组织村里的青壮年巡视堤防变成了首要任务。村里的人不怎么看新闻联播，也没有报纸杂志之类，消息通过乡村间人员的流动口口相传，有的是真实的信息，有的是谣言。大家担心洪水会发生、人们会流离失所，可又心怀侥幸，觉得洪水不会发生，灾难不会真的降临到自己的头上。家家户户都在屯粮，不是流于表面的能够造成价格恐慌性上涨的那种，而是一直隐于暗处，悄无声息地进行。

舅伯家所在的村庄只有一条路，一个方向进，一个方向出，平时都是村庄里的人进出，鲜有陌生人。有一天下午，先是有不认识的陌生男性急匆匆地踩着几辆载着凉席的旧式自行车经过，再然后我的舅妈和几个一起去河边洗衣服的妇人从我认为是出口的那个方向慌慌张张地跑将过来，高扬右手，操着方言喊着：快跑啊，×××扒堤泄洪了，大水就要来了！

当时我在舅伯屋子外面的院子里玩耍，可能是看蚂蚁搬吃的，也有可能是听猪圈里的猪哼哼，听到洪水要来的消息，我缓慢地站起身，看着舅妈匆忙冲进屋里。我母亲的牌局散了，大人们各归各屋，讨论应对之策。

1998年电话还没有普及，验证一个消息的真伪，要么去现场看，要么就只有通过书记员传达。舅伯作为"村官"没有收到洪水的通知，他有些怀疑这个消息的来源，可也不敢完全不做任何准备。为了确保家中客人安全，他和我母亲做了怎样的商讨我不得而知，只知道最后结果是他决定把我母亲和我送至村庄外一个比较远的鱼塘边的小屋处"避难"，他和家里人坚守在本来的屋子里。

那个鱼塘边的小屋是一间简单的木板房，坐落在地势稍高的垒起来的塘坝上。舅伯同时给我母亲拿了水和棉衣，渴了喝水，冷了就穿衣，万一洪水来了，舅伯低沉地嘱咐说，小屋里的床板是木头的，可以让两个人漂在上面，之后他就匆匆地踩着他的老式自行车回家了。他与我母亲诀别时的眼神里是否流转过悲壮我不够高看不见，不过他踩着自行车消失在小路上的身影确实被我赋予悲壮的意味。

作为一个不满十岁的少年，我缺少对灾难的直观感知，也没有本能的恐惧。我在脑内嫁接着洪水以铺天盖地之势席卷村庄，我的舅伯和舅妈不得不奋力抢救家里的财物，考虑把什么东西运上前来搭救的汽艇船；我和我母亲在这个前不着村后不着地的鱼塘边，被洪水冲散，我或是抱着树干，或是随着木板漂向了很远的地方，然后遇见了一只小狗，成为我的伙伴……我脑海里上演的戏码，足以让作为一个少年的我感动得热泪盈眶。

然而那个可能发生什么的下午，一切都很平静，什么都没有发生。日头缺乏显著的变化，四下也没有人烟，我们没有手表，丧失了对时间的正确认知，天地一片寂静，每一分钟似乎都过得特别的慢。

在木板间里闷了一阵后，我母亲决定带我出去走走。鱼塘不远处有一块很大的荷花田，经过一个夏天雨水的冲刷，荷花田一片生气蓬勃。有的叶子已经被雨打歪，周围又冒出新的笔直的叶子来，大大的荷叶中心，有的还盛有露水，用手碰或是被风刮了，便顺着荷叶的凹处滚落下来。顺着荷花田走走，一个不起眼的角落里，还开着一朵粉红的荷花，当真是袅袅婷婷，不妖不娆，与周围碧绿的叶子交相辉映。

"荷花开得真好啊！"我母亲由衷地赞美，旋即这朵荷花连着一段柄，以及柄上细小的突刺，就到了我的手上。我用手抚摸着荷花还湿润的花瓣，贪婪地嗅着她的芬芳，未展开的花蕊深处，露珠映着金黄色的太阳。我们都忘记了自己来荷花池的初衷是为了避难，反而陶醉在这一片偶然所得的美好景色里。洪水这摧毁了不少人家财产和生命的不赦之徒，却孕育出荷花田里蓬勃的景象。

我的舅伯染着夕阳的颜色而来，经过一个下午的等待，扒堤的消息已经被确认为谣言，舅妈已经开始在灶前劳动，舅伯赶在太阳未下山前接我们回家。我心中没有大石可以放下，倒是甚为留恋荷花田的美景，又知道不到危险关头,自己断不可能被送到这么远的地方来,于是目光迟迟不肯转向。1998年飞快地过去了,我无法忘记那天下午舅妈从路口冲出来的身影,也无法忘记我母亲递给我的那朵漂亮的荷花。人们对自然的恐惧和自然的不生不灭,就在那两幅画面中。人生如梦,一樽还酹江月。

(摘自"豆瓣网"2017年11月7日)

雪山作证：千万里爱的追寻

李霄凌

朋友邀我去深圳画院看一个摄影绘画展。举办画展的是以雪域高原为题材的抽象派画家、青年艺术家东方。这是一个性情粗犷、穿着另类的男子汉。从交谈中我得知，他历经8年，多次去西藏，不仅为了追求艺术，更为了找寻心中的藏族姑娘……

雪山救命，缘牵一线

东方出生在青藏高原的军营中，他15岁参军，19岁考上解放军艺术学院美术系，20世纪90年代中期转业，来到深圳工作。他虽然身在开放的特区，但心中总有解不开的高原情结。

1995年，东方用6个月的时间，骑摩托车从深圳经广东、广西、贵州、四川、青海到西藏……在这横跨中国南部的"户外采风"中，东方遭遇了意想不到的困难：酷暑、严寒、狂风、暴雨、雪崩、沙尘……越向西就越是人烟稀少。东方不得不经常风餐露宿。由于找不到人家，补不了给养，他一路忍受着饥饿、干渴，体力过度透支。

有一天，他早上出发时还万里无云，中午却突然狂风大作，鸽子蛋大小的冰雹劈头盖脸从天而降……他眼前一黑，连同摩托车一起栽到了山下……

不知过了多长时间，他听见一个细小的嗓音焦急地呼唤："阿哥！阿哥！你醒醒！"他努力睁开眼，看见风、雹已停，一张模糊的小脸正俯视着他。他的头正枕在她细瘦的小胳膊上，她手拿着一个牦牛皮做的大水囊，往他的嘴里灌清水……

一股清泉下肚，东方醒过来了。他终于看清，救他的是一个藏族小姑娘，有十三四岁的样子，圆圆的脸上泛着高原人特有的红潮，一双与众不同的眼睛黑亮黑亮。最美的是她双颊有一对深深的小酒窝。

她看东方睁开了眼睛，惊喜地喊："巴桑，你守着汉族阿哥，我去找阿爸！"应声过来了一个十来岁的藏族小男孩，身后是一条蹦蹦跳跳的牧羊犬。小巴桑不太会说汉语，但他懂事地遵从姐姐的嘱咐，用单薄的小脊背扛着东方的上半身，努力让他保持坐姿（为保护心脏），静静地等待。

两三个时辰过去后，小姑娘终于和一个强壮的中年康巴汉子赶着牦牛车气喘吁吁地来了。一家3口通力合作，将东方和他的东西都抬上了牛车。路上，东方才知道这地方是四川西藏交界处的大山，小姑娘名叫普布卓玛，在坝子里上中学，每月回家一次。这次回家途中正好赶上暴风冰雹，她在路上发现了昏迷的东方，焦急万分。周围荒无人烟，她只得在山头吹起求救的牛角号，正好她的弟弟听见了号声前来接应。卓玛要了弟弟的皮水囊，救活了东方。

翻过了一座很大的山头，景色骤变。眼前是一个峡谷，谷底铺着一望无际、点缀着耀眼野花的柔软草地，这就是卓玛的家！一顶结实的大帐篷，帐内铺着鲜艳的藏毯，牛粪灶上一把铜茶壶锃亮耀眼，画着五彩宗教图画的矮桌上，早已放好了烤羊腿、酸羊乳、草菇汤……慈祥的藏族妈妈用藏语对东方说："孩子，吃吧，吃吧，这都是给你准备的……"

东方的右腿疼痛难忍，脱了衣服浑身多处都"皮开肉绽"，吓得卓玛和巴桑惊叫起来！卓玛的父亲连声说："不碍事！我们这里有个闻名方圆几百里的好曼巴（医生），比你更重的伤他都能治好，我这就去请他！"卓玛也用她那带四川味的普通话安慰东方："阿哥，你不用担心，强巴大叔的医术高着呢！你用上他的藏药，不多久就会像匹骏马，在山谷里跑起来。"

黎明时，卓玛的父亲和强巴走进帐篷。医生诊断：东方的右腿骨折，还有脑震荡，治疗后如果不再发生昏迷就有救。

一觉醒来，已是黄昏。他觉得神清气定，既不头晕也不恶心了。帐篷里只有卓玛。卓玛惊喜地说："阿哥你醒了！强巴大叔说你要睡两天，结果你只睡了一天就醒了！"卓玛的爸爸是附近林场的工人，每天要上班，小弟弟巴桑也刚上了"马背小学"，家里的羊、牛要靠妈妈放牧，护理东方的任务就由卓玛承担。为了照顾好东方，卓玛特地让阿爸去学校请了假。

东方在卓玛家养伤100天，藏族医生强巴每隔几天就骑马来复诊。小卓玛每天给他喂水喂饭、端屎端尿、擦身洗衣……天好时，她就把东方移到帐外，给他唱歌跳舞。天高云淡、草绿花香、万籁俱寂，唯有卓玛这个美丽的精灵在东方的身边和心里旋转……

东方给这个比自己小15岁的藏族小阿妹讲了不少大山外的事：城市、大海、火车、汽车、地铁、飞机……他鼓励小卓玛好好学习，将来到外边做大事。东方临走前，卓玛塞给他一个牦牛皮钱包，上面的藏绣十分精致，里面是5000元钱。卓玛说："阿哥，你出来时间不短了，这是给你坐飞机回深圳的钱，不知够不够，听说机票可贵着呢！"

东方发现她颈上挂的那串家传几代的珊瑚珠不见了！卓玛说珠子拿到坝子里换了10000块钱，给了强巴5000元做医药费，剩下的全在这了。东方很过意不去，可也没办法：出事时他的钱包滚下了万丈悬崖……

她是他心中的雪莲花

东方从高原采风带回大量录像、照片和绘画，一炮打响，不但深得深圳市民的好评，还引起了艺术界的广泛关注，而海内外的画商也包围了他。

他给小卓玛寄去了20000元钱，但3个月后钱又被退了回来，因为"地址不详，查无此人"。东方立即以最快的速度返回了那个峡谷，芳草依旧，湖水依旧，却杳无人踪。他包了一辆车，把附近几百里都搜寻了一遍，仍是没有收获。卓玛一家，还有藏族医生强巴，这曾经活生生的一切都消失得无影无踪！东方想，莫非是他做了一个梦？可右腿分明还在隐隐作痛啊！

东方颓丧地回到深圳，时光在忙碌中流逝着。虽然身处的环境灯红酒绿、美女如云，但东方忘不了西藏，忘不了卓玛，他们是高原上的无价之宝啊！他每年去西藏一至两次，多方寻找卓玛，但还是没有找到。

转眼，东方满30岁了。父母、战友都为东方的婚事着急，他也渴望爱情，但他需要的是既喷着热血又透明得像水晶一样的爱啊！

他多次在梦中回到了卓玛的家，看到小卓玛脸上的一对酒窝。他常在夜深人静的时候，拿出卓玛送他的牦牛皮钱包，耳边似乎响起了卓玛的声音："阿哥，这里是5000元钱，给你买机票回深圳的……"

东方曾到过北京西四的珠宝一条街，在那里他看到一串西藏的人造红珊瑚项链，价格竟高达数万元！小卓玛的那串是天然的，且传了上百年，为了救他，她10000元就将这传家宝脱手了！他突然顿悟：小卓玛那样的姑娘才是他的所爱啊！因为她美得像雪山女神，而她的真情又像那火红的珊瑚珠无价可估！他的恋爱一直不顺，就是因为卓玛藏在他心灵的最深处啊！他祈祷着：卓玛啊，你快快长吧！等你长大了，我一定娶你回家！

不远万里，追寻真爱

东方又开始了骑摩托到西藏的人生之旅。他对那片神秘的雪域高原，对那里纯朴善良的人们有说不尽的爱。卓玛那有着一对动人小酒窝的美丽脸庞，随着时间的推移，越来越清晰地刻在东方的心里。他就是用尽一生的时间，也要找到小卓玛！

一次次的西藏之行和对卓玛的思念，给东方的艺术生命注入了巨大的能量，他在艺术上获得了前所未有的突破。然而，他还是没有找到卓玛。他只有把整个西藏都当成他的爱人。

2003年初秋的一天，东方到西藏大学去看一位朋友，恰逢学校开学，同学们载歌载舞，热闹非凡。在群舞的姑娘中，东方发现了一个盛装的藏族女孩，她舞姿轻盈似曾见过！挤到近前细看，姑娘长着一张秀气的圆脸，苹果一样红润，眼睛黑亮黑亮，面颊上一对酒窝若隐若现……东方激动地大喊："卓玛！卓玛！"姑娘却没有反应。待他挤进舞场，姑娘已像一阵清风般消失了……

是啊，自认识卓玛至今，已是数年过去。卓玛到了读大学的年龄了！冥冥之中一个声音提醒东方：卓玛可能上大学了！于是已经35岁的东方，决定自费进入西藏大学学习藏语，以便以后更好地与卓玛和藏族亲人们交流。他想也许哪一天，会在这里碰上卓玛。

入学数日后的一个晚上，东方坐进了八角街的一个咖啡厅里，一边看着小卓玛送他的钱包，一边垂泪。突然一阵笑声传来，一群女大学生拥进咖啡馆：她们是来给朋友过生日的。一个姑娘轻轻走近他："阿哥，能换张桌子坐吗？"他一抬头，只见一个身段苗条、黑发披肩、穿一身绛红色牛仔套装的年轻姑娘站在身边。如果不是她双颊上的红潮说明了她高原人的身份，谁也不能将她和大都市的时尚青年区分开。她精巧的圆脸、黑亮的眼睛、闪动的酒窝……她不就是那天自己错认为小卓玛的女孩吗？东方不敢造次，只说："你能帮我找一个人吗？她叫普布卓玛……"姑娘却看见了他的皮钱包，一把抓在手中细看，又把东方仔仔细细打量一番，失声喊道："阿哥！东方！真的是你！真没想到，会在这里碰上你！"东方疑惑地问："你是……"姑娘说："我是小卓玛呀！那年你在我家养过伤。"突如其来的巨大幸福让东方险些晕倒：他不敢相信，这个时尚女孩就是当年那个纯朴而又羞涩的小卓玛！

女孩拿出了一个小夹子递给他，那是一本退伍军人证，扉页上是东方的照片和名字。这是东方当年留下的信物，她一直随身带着！果真是她——普布卓玛！东方刹那间有种历尽万难、终到"西天"的激动，他趴在桌上放声痛哭！

原来，在东方离开不久，小卓玛一家人搬到了亚东大山里。现在卓玛已是环境科学专业的大三学生了！

东方责问卓玛为何不往深圳写信？卓玛说：凡到雪山来的人都是我们最真诚的朋友，我们可以用自己的生命去救他们；可朋友离开了雪山，我们也不主动联系。东方想说他要还给卓玛医药费，但他终是开不了口——他不能用对待常人的方式去对待卓玛，他担心会伤害她。他与卓玛之间是一份最美丽最纯洁最真诚的感情啊！

东方向卓玛细谈了自己多次到西藏寻找他们的经过，拿出厚厚一本画册，上面画的都是他心中的卓玛……聪明的卓玛脸红了。她流着泪说："阿哥，想不到你是这样一个有情有义又有心的安多汉子啊！"

其实，几年前，年纪尚小的卓玛就对东方十分钦佩。因为他竟能独自一人开一辆摩托进大雪山！他负了伤但从不喊疼不想家，嘴里有说不完的有趣故事。更神奇的是他手中的笔，画什么像什么，而且画的全是西藏！如此爱西藏的人，卓玛怎会忘了他？所以，东方一直都在卓玛心里。卓玛从不谈恋爱，因为东方的话总在她耳边响着，她立志要学有所成。

就这样，尽管有15岁的年龄差距，普布卓玛和东方还是真诚相爱了！东方像爱护自己的眼睛一样呵护着卓玛，卓玛用藏族姑娘特有的挚爱回报着东方。知情者说他们是"天上神仙到人间"。

　　东方和普布卓玛一道去了亚东的大山里，看望了卓玛的父母。两位老人和已上高一的小弟巴桑，看到东方踏遍西藏的山山水水，历经8年找到他们，惊喜万分。为了欢迎远方的客人、藏家的女婿，巴桑特意吹起了牛角号，散居在山里的乡亲们都来了，专为东方和卓玛搞了盛大的篝火晚会。年轻人跳起了锅庄，老人们喝着青稞酒和奶茶，欢声笑语响彻天边……

　　假期里，东方带小卓玛去了深圳，卓玛第一次坐上了飞机、火车、轮船。东方决定以后要和卓玛去亚东，永远生活、工作在美丽的西藏！

(摘自《读者》2004年第7期，有删节)

满城飘扬"读者红"

王石之

1994年底，离新年还有好几天，《读者》1995年第1期就已经上市了。这期封面刊登的图片《少女》是我拍摄的，我深感荣幸。摄影圈子内不少拍肖像的大腕儿纷纷向我祝贺，认为上《读者》封面的影响比上专业摄影报刊还大得多。许多名刊的封面都用过我拍的影视歌星肖像，但唯有这次着实让我兴奋了一阵子。为什么？第一，从《读者文摘》到《读者》，直至今天，我一直是她忠实的读者，没漏买过一期，全家大人孩子都看，保姆在我家干了10多年也看了10多年《读者》，家人看过后再转给北京黄埔大学我的学生看，可谓刊尽其用。所以，我的作品登上我全家人和学生们心仪的名刊封面，自然兴奋。第二，这幅肖像是一位身穿高立领艳红色大衣的少女的正侧面半身照，《读者》刊名也是大红色字，这期封面色调无论远看近看都呈现耀眼的大红色。当时北京的报刊零售业刚兴起，没有几个现在这种样式的报刊亭，街头巷尾随处可见的是报摊儿或卖报的三轮车、自行车，甚至还有老大妈推着旧竹童车叫卖报刊。1994年岁末的某一天，人们突然间发现北京城所有报摊儿、报亭子都挂满、摆满了红艳艳的《读者》，红衣少女的红大衣随着冬日的暖风在飘舞，真可谓满城飘扬"读者红"！北京城里这道亮丽的风景一直持续到新年过后，怎能不令人兴奋？

回想当年我拍这幅"红衣少女"照片，还有点小故事呢。20世纪80年代末90年代初，中国时装业刚刚起步，我曾为著名的时装杂志和服饰报刊拍照，也为鹿王羊绒这样的大公司拍过广告，每年的国际时装设计大赛也特邀我去拍片、出版画册。1994年夏，中韩青年时装设计大赛在北京闭幕后，我把北京服装学院的获奖服装（其中有这件高立领红大衣）借回家，准备在家里拍摄一组时装少女照。

第二天我到北京电影学院物色学生模特儿，在校园里偶遇来此找同乡玩、后来上了《读者》封面的这位漂亮女孩，她是某武警文工团的舞蹈演员，山东姑娘，名叫菅瑾瑾。我约她到我家里拍照片，瑾瑾欣然应允（当然要签订肖像权协议书）。读者朋友会问我，她怎么会轻信你这个陌生男人？当年北京没几家像样的图片摄影棚，众多成名的或尚未成名的影视歌星都到我家里拍过照，包括新丝路模特团早期的名模们。一般我们都是晚上拍片，因为白天大家都忙。菅瑾瑾拍完这张红衣照已是午夜12点后，她卸完妆，外面下起大暴雨。我冒雨驱车把瑾瑾送回电影学院同学宿舍。从此我们成了忘年交，瑾瑾又给我做了好多次模特儿。

不久，全国书籍装帧设计协会年会在京召开，我当时任该协会中央工作委员会委员，《读者》的美编也来参会，顺便来北京约稿。听说他从6位摄影师的作品里只选中了我这幅古典写实油画风格的"红衣少女"。这是用柯达120反转（天然色）胶片拍摄的。

就在京城到处飘扬"读者红"期间，瑾瑾曾来电话向我致谢，高兴与自豪之情溢于言表。

后来影视导演从《读者》封面上发现了她，瑾瑾从此踏上了影视表演之路，拍了不少影视作品。再后来有一天，菅瑾瑾来电话报喜讯："叔叔，我已调到国家话剧院做专业演员啦，我改名字叫菅爱了。""那不就跟世界名著《简·爱》重名了?"我笑道。

是《读者》帮助红衣少女走进表演艺术的殿堂，走向成功。

(摘自《读者》2011年第12期)

感动，叩问我们的心灵

曹 静

白芳礼是一位非常普通的老人，和许多从旧社会闯荡过来的老一辈人经历相似。13岁时，他为生活所迫，背井离乡来到天津。为了糊口，他每天起早贪黑蹬三轮车，受尽了欺凌吃尽了苦。新中国成立后，穷苦百姓翻身当了主人，白芳礼成了一名运输工人，一直干到了退休。

1986年，老人已经73岁了，每月有固定的退休金，虽不富裕，但也不愁吃穿。然而，一次回老家河北沧县的经历，却彻底改变了他的生活。

大白天，白芳礼看到一群孩子在村里跑来跑去。他惊讶地问："你们怎么不上学？"得到的回答是"没钱"。

顿时，白芳礼心底泛起了苦味——自己从旧社会滚打过来，因为穷，上不起学，吃够了没文化的苦。而现在，这些孩子就要重蹈自己的覆辙。一连几个晚上，白芳礼翻来覆去，没睡过一个好觉。

几天后，他把儿女们叫到一起，宣布要把自己攒下的5000元钱捐给老家的小学。

儿女们一下子愣住了——几十年来，老人节衣缩食，舍不得吃，舍不得穿。现在好不容易存了点钱，不就盼着享享清福、安度晚年吗？况且，5000元在当时可不是个小数目。

老头的犟脾气发作了，他手一挥说："我决定的事，你们谁也甭管。谁要不同意，我就跟谁断绝关系。"

就这样，老人一意孤行，捧着钱来到学校。

一个颇有戏剧性的场面出现了——校长掂量出了这捐款的分量，怎么也不肯收："孩子们需要钱是不假。可这是您辛辛苦苦攒下的养老钱哪，我们怎么好意思收？"

可是，白芳礼满心满眼里只有那些失学的孩子。他四处奔走，托亲戚、邻居向校长"说情"，最终说动了校长。

乡亲们说：捐了钱，还千方百计求人收下捐款的事，真是闻所未闻。他们打了一个"德高望重"的匾额，送到了白芳礼家。

回到天津，白芳礼把搁置了几年的三轮车重新推了出来，除锈、上油，随后宣布了一个更让人震惊的决定——74岁的他要重操蹬三轮车的旧业，把劳动所得捐给社会。

儿女们的反对更强烈了。老人说："我自己的事，该怎么办就怎么办，你们别管了。孝顺孝顺，你们就以顺为孝吧。"

于是，天津的街头出现了一辆牌号为"北站出租37号"的三轮车，大街小巷也出现了这样一个苍老的蹬车人：他低着头，佝偻着身子，一条毛巾搭在瘦弱的肩头不停地蹬车。

每天早晨六七点，天蒙蒙亮，白芳礼起床，咬几口馒头，推三轮车上火车站，直到晚上八九点钟才回家。

冬天，在零下十几度的严寒中，老人裹一件破破烂烂的军大衣，不是在火车站广场的寒风中等客，就是在街头顶着大风奋力地蹬车；天气炎热的夏天，特别消耗体力，老人累了就在三轮车上打个盹儿，也不管苍蝇爬、蚊子叮。

有天晚上，直到十二点老人还没回家。儿子、女儿分赴火车东站、西站找人，就是不见他的影子。第二天一早，老人才回来。原来他拉了近一吨的货，连夜赶到了五十多里外的杨村，一宿没睡。"七十多岁的人了，不要命了？"家人的埋怨兜头上来，老人笑了笑，啥也没说。

从1987年到1994年，连续7年，无论刮风下雨，白芳礼蹬三轮没有休息过一天。他不光周六、周日照常出门；逢"五一""十一"，火车站客人多，他更舍不得休息；就连除夕夜、大年初一，他也照样出去蹬车。平时有个感冒、发烧，家里人都劝他休息，他却说："没事，出身汗就好了。"

他克勤克俭，不抽烟、不喝酒，从头到脚穿的都是捡来的衣衫鞋帽，一日三餐经常是馒头加凉水，常常一个多月不沾肉味，有时候饭菜馊了坏了都吃。他唯一的"爱好"，就是辛苦一天后，坐在灯下，将赚来的纸票一张张摊开，硬币一枚枚点清，一笔一画地记在一个小本子上——本子上一页页记载着：一般每天只能赚二三十元；最多的一次，也就赚了五六十元。

对捐钱的事，老人心里有本账：1997年，天津要举办世乒赛，老人捐了一笔钱——咱是东道主，得捐；过了一阵子，得知附近的红光中学藏族学生多，其中不少都是贫困生，白芳礼就把钱捐到那儿去了；教育得从娃娃抓起，后一次的款就捐给了某个小学；后来，老人得知大学里贫困生也多，1995年以后，白芳礼就集中往南开大学、天津大学、天津师范大学等高校捐。

然而，对于钱捐出去以后的事，老人毫不关心。

20世纪80年代刚开始捐款那会儿，有的学校连个捐款证书都没给，有的收下钱后就写一张条。白芳礼一句话也不多说，捐完就走。时间久了，他自己也忘了曾给哪里捐过多少。资助贫困大学生，他更不会问学校，自己的钱帮了哪几个学生，也不希望受助的学生知道自己的名字。老人说："我不图什么,只要他们好好做人,为国家作贡献,就可以了。"

20世纪90年代,有些学校开始举行捐献仪式、开座谈会。慈善捐助者往往不是公司老板就是白领,他们大多三四十岁,衣着挺括。只有白芳礼一个白发苍苍、一脸皱纹的老人,身上穿的还是蹬车时的旧军大衣。坐在底下的学生一看见他,立刻鼓起掌来,掌声热烈、持久。

渐渐地,白芳礼做好事出名了,陆续获得了"全国支教模范"、"中国消除贫困奖"等荣誉,请他上台、采访他的人也多了起来。然而,这些并没让他有任何改变。摘下红绸带,藏起奖状、奖杯,白芳礼仍旧是那个质朴的白芳礼,仍旧每天早晨六七点出门,仍旧蹬着自己的三轮车,风里来雨里去,一心要把捐献事业进行到底。

1995年,白芳礼82岁了,他的双脚再也蹬不动三轮车了。他把家乡的两间老屋卖了,在火车站附近租了个铺子,和几个贫困大学生合伙,卖起了水果、食品。老人给铺子起名叫"白芳礼支教公司"。为了支教公司,他干脆从家里搬到这个只有3平方米的小铺子里,起早贪黑,把赚来的钱继续捐出去。

2000年,老人87岁了,脑力、体力衰退得很厉害,他再也干不动了。他把摊位退了,每天端着一个铁皮饭盒,在火车站附近给人看自行车。饭盒里的硬币一天比一天模糊,都数不清楚了。直到最后,他只能向路过的小学生求助。

一枚枚的硬币点清后,成了老人的又一笔捐款,500元,捐献给了当地养老院。

十几年来,白芳礼先后捐款35万元,资助了三百多名贫困大学生。如果按每蹬1公里三轮车挣5角钱计算,15年来,白芳礼奉献的是相当于绕地球赤道17.5圈的奔波劳累。

在这些令人惊讶的数字背后,还有许多不为人知的小故事:

在火车站拉客时,白芳礼老人在自己的破三轮车上挂了一面小红旗,上面写着"军烈属半价,老弱病残优待,孤寡老人义务"。

一天,当老人蹬车回家时,见路边躺着一位昏倒在地的妇女。他赶紧下车将这位四十来岁的妇女扶上自己的小三轮,直奔医院。

有一天,老人在火车站看见一对父女,女儿挂着双拐。迎着呼啸的北风,老人蹬了三十多里路,终于把他们送到市郊的亲戚家,最后只收了两元钱。

……

天津人被白芳礼感动了。

2004年4月,91岁的白芳礼心肾肝功能日渐衰竭,不得不住进了医院。老人仅靠每月600元退休金和儿女各掏的百余元赡养费维持生活,怎能支付得起医疗费?消息传出后,询问老人病情的电话一个接一个地打进《今晚报》,几乎将热线打爆;接受过老人捐助的学生、素不相识的热心市民,纷纷来医院探望。社会各界积极捐款,汇款在短短几天内达到了11万元。在医院的积极救治下,白芳礼的病情逐渐稳定。

在感动的暖流中,人们在叩问自己:我们拿什么告慰奉献者?

行动是最好的回答。

曾受到白芳礼捐助的张杰、赵涛是两名在校学生。在白爷爷的帮助下成长的他们,又积极帮助身边遇到困难的人。课余时间,他们一直在照顾一位患病的老太太。

已经工作了的李志安,当年在受助仪式上握住白芳礼那异常粗糙的手时,就把白芳礼当成了自己的榜样。如今,每年他都向福利院的孩子捐赠。他说,今后在公益事业上投入的财力和精力都要增加。

经对17名获得白芳礼捐款的受助者的调查发现,为公益事业捐过款、出过力者达100%,资助过其他贫困学生、困难家庭者占80%,60%的人目前是多种形式的社会志愿者。

(摘自《读者》2006年第4期)

补鞋能补出的幸福

李 娟

我妈进城看到市场里补鞋子的生意好,也想干。可别人说干这行得先当徒弟,至少得跟师一年。她一天也不愿意跟,说:"那还用学吗?看一看就会了呗!"于是她跑到乌鲁木齐把补鞋的全套工具搬回了家,往那儿一放就是一整个冬天,没法启动——她嫌人家鞋子臭。

还是我叔叔厉害,他不怕臭,而且他才是真正的无师自通。我叔叔在把我们全家人的每一双鞋子都钉上鞋掌后,就自认实践到位、功夫到家了,张罗张罗便领了执照开了张。可怜的喀吾图老乡们不明真相,看他头发那么白,以为是老师傅,信任得不得了,纷纷把鞋子送来供他练习。看他煞有介事、叮叮当当地又敲又砸,一点儿都不敢怀疑。这么着混了一个多月,零花钱赚了几个不说,对补鞋,叔叔还真摸索出了那么一套经验来。于是我妈又踌躇满志准备再去一趟乌鲁木齐,再买一批皮渣、鞋跟、鞋底、鞋掌、麻线、拉链等回来,要像模像样大干一场。她想让我去提这批货,我才不干呢！一个女孩，背上扛个破麻袋，左手拎一串鞋底子，脖子上还挂几卷麻线，走在乌鲁木齐的大街上，未免有些……反正我一开始就反对补鞋子，嫌丢人。

对于我叔叔，最丢人的事莫过于别人把补好的鞋子又拿回来返修。好在村子小，人情浓，就算干得不令人满意，大家也不好意思说，照样付了钱，谢了又谢，悄悄拿回家自己想法子修改。哪怕是连我叔叔自己都看不过去的某些作品，也能被面不改色地穿走。

至于第二丢人的，则是手脚太慢——这个也不知被我妈唠叨过多少遍了，可我叔叔就是没法提速。要知道我和我妈都是急性子，眼瞅着他老人家左手捏着鞋子，右手持着锥子，抖啊抖啊抖啊，瞄半天终于瞄准了，修表似的将锥子一点一点小心翼翼扎进皮子，在皮子另一面摸索半天才准确地套上底线……把面线抖啊抖啊抖啊地套上，再抖啊抖啊抖啊拉进底线线圈……我妈实在看不下去了，索性抢过鞋子，三下五除二就缝上了一针，干净利索地做了个示范，然后又快快地扔了鞋子跑去洗手。老实说，她要是干这一行，保准是个人才。

推开我家商店门一看，满屋子都是拎着破鞋子的人，一个挨一个靠在柜台上等着补鞋。聊天的聊天，打牌的打牌，碰杯的碰杯，奶孩子的奶孩子。补的人不慌不忙，等的人也是如此。

不急的时候，大家都不急。但要是急呀，赶巧都急到一块儿去了——这个急着要上班，光着一只脚跳着蹦着不停地看表；那个急着赶车，一会儿探头看一眼，冲着司机高喊："再等十分钟！"还有几个牧民老乡急着要在六点之前进山回家，说还有三个多小时的骑马路程，怕天黑了看不到路……这个嚷，那个喊，纷纷把自己的臭鞋子往叔叔鼻子前面凑。

我叔叔手上正补着的那一只鞋，鞋帮和鞋面只差一厘米就完全分家了（也亏了那人，能把鞋穿成这样还真是不容易）。正在比来比去研究，思量着从何处下手呢，旁边一位直嚷嚷："师傅，先给我缝两针吧！喏，就这个地方。喏，已经给你对好了——两针，就两针！"

我叔叔便往那边瞟了一下。

这边这位立刻急了："先来的先补，排队排队！"

那边大喊："两针！我就只缝两针而已，而你至少还需要缝一百针！"

"只缝一针也要排队！"

"不行，等不了啦！"接着，他突然做出惊人之举，把我叔叔手上那只"需要缝一百针"的鞋子一把抢走，挥手扔出门去，迅速递上自己的，"只一点点，看，两针就好……"

我跑出门一看，那只可怜的鞋啊，原本还连着一厘米，这下鞋底和鞋面彻底分家了。

鞋主人当然不愿意，拾回来后奋力扎入人堆，大喊："排队排队！先来的先补！"差点拿鞋去敲我叔叔的脑袋。

有一个人更缺德，为了加塞儿，悄悄把一双本该排在自己前面的鞋子偷藏了起来。害得那个倒霉蛋到处叫苦连天地找鞋子，还趴在地上，往柜台底下使劲瞅。

一个女人的嗓音无比锋利尖锐，刺得人耳膜疼："师傅啊，我就只敲几个钉子，就只敲几下，先给我弄吧！"

我叔听得心软，正打算放下手中的活伸出手去，谁知另一位用更快的速度把那个女人的鞋子抢过来："不就几个钉子嘛！我来给她敲，师傅你别停……"然后他打开工具箱，找出榔头，往那儿一蹲，像模像样地抡起榔头钉了起来。

另一边一个毛头小伙一看，大受启发，立刻无师自通地摇起了我叔叔闲在一边的补鞋机器，蛮专业地在自个儿鞋上打起补丁来，针脚还挺整齐。看样子补鞋匠人人都能当，这个生意往后可是不太好做了。

看吧，房子里一片混乱，有人笑，有人叫，还有小孩撕心裂肺地哭。

有的人见缝插针，我叔叔刚放下锥子去拿剪刀的那会儿工夫，他把鞋子递过来，要我叔叔"抽空"钉个钉子。等我叔叔再放下剪刀去拿锥子时，又被要求再给钉一个钉子。于是我叔叔就晕头转向地给这个钉一下，再给那个敲一敲。弄来弄去连自己原先修着的那一双该修哪儿都给忘记了，最后干脆连放到哪儿都不知道了……

更多的人则铆足劲儿齐声大喊："快点，快点，快点……"

我妈常说："这生意还是别做了，钱没赚几个，又臭又脏，又吵又闹，何苦来着！"我叔叔说："那么机器怎么办？买都买回来了，放在那儿干啥？"我妈说："给娟儿留着呗！有朝一日……"

其实我真的很乐意接受和保留这么一件礼物，将来有自己的家了，一定会把它放在显眼的位置，让我时时想起曾经的生活——那时我们有那么多的梦想。我们整天在一起没完没了地憧憬着，描述着——外婆想回家乡，想吃对面街上的小吃；叔叔也想回老家，过熟悉而踏实的日子；我想有漂亮的衣服，想去遥远的地方看看；我妈心更野，想骑自行车周游全国，想在城市里买房子，想把房子像画报上那样装修，想老了以后养花养狗逛街，还想住那种每年都能去海滨疗养一次的敬老院……好半天才畅想完毕，我满意地舒口气，扭过脸对正为补鞋子忙得鼻子眼睛都分不清楚的叔叔说："好好努力吧！为了这个目标……"

补鞋子的确赚不了多少钱，更何况是我叔叔这样笨手笨脚的人在补，但那毕竟是在做有希望的事呀。我喜欢并依赖这样的生活，有希望的，总是能够发现乐趣的生活，在我自己家里的生活——我想我永远不会失去这种希望和乐趣。我妈不是说了嘛——补鞋子那一套家什谁也不给，就给娟儿留着。

(摘自《读者》2016年第14期)

笨拙的梦想

羽 毛

前不久,单位举办了一次"迎国庆、展风采"的职工演讲比赛,我也去当听众。

一共20人参赛,每人演讲不超过5分钟,题目自拟。男选手们西装革履,女选手们小立领配A字裙,表情庄重,严阵以待。上得台来,个个都是口若悬河,手势丰富,不是歌颂改革开放30年的大好业绩,就是畅谈精彩的北京奥运,热情勾画着美好的人生蓝图……

第16个人上台了,是个肤色白净的女孩,穿着普通的套头毛衣,牛仔裤,还没开口,脸就红透了。她鞠了一躬,说:"各位老师好!同事好!我来自出版社的编辑部,还是小学三年级时参加过一次诗歌朗诵,普通话不过关,还请大家多原谅!"

不少人笑了,报以鼓励的掌声。

相比其他演讲者的镇定自若,她有些紧张,表情不太自然,耳朵根都羞红了。整个演讲过程中，她的双手都紧紧抓着桌沿，仔细看看，右手还在微微颤抖……他们部门能说会道的大有人在，为什么选送了有点害羞的她？

她的演讲主题也不是气势恢宏的。她讲了自己如何从小镇女孩成长为京城白领，讲了从风和日丽的南方来到风大干燥的北方如何生活。

她工作两年了，最初的岁月是孤独艰难的。人生地不熟，约稿也很艰难，常常吃闭门羹。头一个月，她毫无业绩。她说："那天回家时，我十分沮丧，故意仰着头，怕眼泪掉出来。那一仰头，恰好看见铅灰色高楼背后的一角晚霞。多么美丽热烈的光芒啊——从落魄的失意，到浪漫的诗意，有时，只需要仰起头生活。"

瞧，她仍有初涉人世的浪漫。那种微笑，浅浅拂过我的心房。刚参加工作时，我不是也如此乐观积极吗？

最后一段，女孩谈到自己的梦想时，稍微自然了些。

"我喜欢纪伯伦的一句话：生命的确是黑暗的，除非有了激励；一切的激励都是盲目的，除非有了知识；一切的知识都是徒然的，除非有了梦想……我的梦想，是成为京城一名出色的编辑，和一流作家为友，编辑一流的经典好书。我相信，只要有梦，就会走在通往幸福的路上。最后，谢谢大家！"

她的手依旧紧抓着桌子，她诚恳地再次鞠躬，然后，飞快地跑下了台。我的视线不由得跟随着她，她低着头，脸红得像朵玫瑰花，用手捂着仍在怦怦跳的心脏——多么可爱的玫瑰岁月啊，即使害羞也能无所忌惮地畅谈梦想！

谁不曾做过梦呢？包括我，然而……最终大多数人只能成为世俗的平庸者。比赛完毕，当场宣布结果。一等奖归属于一位声情并茂的男生，不出大家所料。二等奖两名，居然有那名女孩——细想一下，也是众望所归，大家都在热烈鼓掌。

之后的环节，是大赛评委对获奖选手进行简短点评。其中一位评委是出版行业威名赫赫的人物，谈到这位女孩时他不由得笑了："这位选手一上台就脸红，让人印象深刻。的确，她欠缺一些演讲姿态，在选手中显得有些紧张，甚至笨拙，但是她的眼神和言辞，充满丰沛真实的情感。"

这就是她的获奖理由？

评委又补充道："今天，我们为这位有梦想的女孩颁奖，也是鼓励大家做梦，永远有梦。在无法拥有从容优雅的姿态之前，这样真诚、老实的姿态也能打动你的裁判，甚至，今后能打动你自己的命运之神！"

这句话，如同一道闪电，划过我麻木低沉的心空。

工作6年，我已经陷入职业低谷：遭遇事业瓶颈，薪水一再降低，激情和精力消退，懈怠和疲倦日甚……在同班同学位居高位、买高档车、出国旅游的时候，我仍然是一名小小的码字工，没有活得优雅的权利。

我奢谈梦想，徘徊在灰色地带。我也淡忘了真诚、老实的姿态，浮躁度日……

看一眼那玫瑰花般的女孩，竟有些什么重新在我心中流转鲜活。不应该像她一样吗？执着地向梦想高地出发，将失意变成诗意，哪怕姿态笨拙，也要精神优雅。

（摘自《读者》2009年第1期）

"新东方"魅力

王　林　邱四维

俞敏洪站在垃圾桶上。

寒冷的风从近千人的头上吹过,俞敏洪感到的却是一股热浪。他大声讲着,也可以说是大声喊叫着,重复着一个哲人的话语:"he wing out of the mountain of despaira stone of hope(从绝望的大山上砍下一块希望的石头)!"我们大家都一样,比如我和你,我们选定了目标,可是没有人能给我们铺好捷径,因为成功者告诉我们,只有"God only help those who help themselves(天助自助者)"!

这是1992年的冬天,俞敏洪开始了他一生无法忘记的一次免费英语大讲座。近千双和他一样年轻的眼睛盯着他,他们在这个瘦弱的老师身上寻找着各自的答案:我能成功吗?

俞敏洪的回答是肯定的,他总是这样肯定,他相信人的绝望不是永远的,不是,因为在绝望中寻找希望,才是人永恒的本能。

面对这一群站在寒风中的听众，俞敏洪同样为自己感到惊讶，在他强烈地意识到自己被别人需要的同时，也看到了一个让他兴奋不已的前景——"我要办一所自己的学校！"目标（一刻的卓识值得一生的努力）

所有的人都是凡人。成功者总被人们善良地夸张着，好像他一生下来就明白了自己的使命，而那些曾和你我一样可怜的小小愿望则被不断忽略。俞敏洪告诉他的学生，我和你一样，以前什么也没有，包括让人兴奋的理想，但是人就是这样，一生的过程就是从一点点希望做起，最后不断扩大希望。我们是凡人，但你要知道，匹夫也能扭转乾坤啊。

1999年，俞敏洪和他的朋友们已经扭转了自己命运的乾坤，他们自己的新东方学校已经被年轻人称做"出国预备学校"，每年有近5万学生到这里接受教育，一批批年轻学生从这里受到培训后充满自信地走向陌生的世界，一群年轻的教师在这里快乐地发挥着自己的才能。

可是在20年前，俞敏洪的理想只是考上家乡江阴师范学院，从此可以不再干繁重的农活。到了1980年，俞敏洪在自己成绩的鼓动下，开始做起上北大的梦了。江阴师范已经脱离了他的视野，而北京大学西语系成了一个18岁农村孩子的理想。

1985年，俞敏洪毕业留在北大成了一名教师。他对自己的未来做了一个简单的预计：还要5年才可以分到一居室住房，收入一般，一年教三四十个学生，30年也不过是3000多个。这好像太不吸引人了，可是能做什么呢？除了出国？

俞敏洪开始在外授课。1991年，他辞去了北京大学英语教师的职务，从此也告别了一种平静的生活。这一年他29岁，他的目标是挣一笔学费，然后像他的同学和朋友一样到美国留学。他的积蓄不断增加，追随他听课的学生也越来越多，俞敏洪为一个目标的清晰而再一次兴奋不已。

"我是一个年轻人，我要有自己的事业，我要去办自己的学校。"

几年后，俞敏洪在欢迎新东方新学员的演讲中，当他阐述新东方校训的时候，不无骄傲地讲起创业的艰难："新东方创办的整个过程是从一点点希望做起，最后不断扩大希望的过程。新东方最初只有10平方米漏风的违章建筑办公室，但是现在新东方有几万平方米的教室和办公楼。它的发展过程是充满艰难的过程。在1993年冬天新东方成立的时候，我自己拎着糨糊桶在零下十几度去贴广告，把糨糊刷在柱子上，广告还没贴上去，糨糊就变成冰了。我最喜欢的是教书，但是假如我只教书别的都不去做，新东方也不会有发展。所以任何事情都是你不断努力去做的结果，当你碰到困难的时候，你不要把它想象成不可克服的困难。在这个世界上没有任何困难是不可克服的，只要你勇于去克服它！"而新东方的校训就是：从绝望中寻找希望！

新东方就这样发展着，壮大着。1994年，俞敏洪已经投入了20多万元。这时出国留学的机会也来了，但是出国留学已经脱离了他的视野，他的眼前是一个更为诱人的教育大市场。新东方在北京已经是一个响亮的牌子，几千名学员挤在新东方的教室里，他们带来了信任带走了鼓励。

俞敏洪不仅要做一个教师，一个校长，他还要做一个教育家。

命运（未来属于那些坚信他们美好梦想的人）

1994年的一天，俞敏洪一个人爬到长城上，痛哭一场。没有什么具体的原因，只是太苦太累，太多的烦恼，还有孤独。

俞敏洪是一个凡人，凡人就有凡人的苦恼。出国的朋友回来的时候，互相谈起各自的状况，有人笑着对他说："你怎么成了个体户？"俞敏洪张大嘴巴说不出话，那点刚有的教育家的自尊像是被人一巴掌打到了泥巴里。

这时他找到了一个惺惺相惜的朋友——杜子华。杜子华更像一个漂泊的游侠，研究生毕业后他游历了美国、法国和加拿大，凭着对英语的透彻领悟，在国外结交了各色朋友，也得到了一个个让人羡慕的机会。但是他在国外待的时间越久，接触的人越多，就越感到民族素质提高的迫切。而在人的一生中最重要的投资只有教育，其他的投资只能改变数量，只有教育投资才可以改变一个人、一个民族的档次。1994年的一天，在北京做外语培训的杜子华接到了俞敏洪的电话，几天后，两位在北京英语培训领域有一定影响力的"教育家"会面了。在这次见面中，快乐的俞敏洪讲述了新东方的创业和发展、对未来的设计、对人才的渴望，当然，也讲到了钱。但聪明的杜子华听出来了，钱是重要的。但在俞敏洪的眼里，钱只是一个事业的自然产出，而事业才是最大的渴望。这次会面改变了杜子华单打独斗的游历节奏，从此在新东方一待就是5年，在他的履历中，这是在一个地方停留得最长的一次。

1995年冬天，俞敏洪来到加拿大的温哥华，这里有他曾在北大共事的朋友徐小平。这时的徐小平已经在加拿大生活了10年，稳定而富足。俞敏洪不经意地讲着自己的经历，文雅而富有激情的徐小平却坐不住了："好啊，敏洪，你真是创造了一个奇迹啊！"俞敏洪笑了。"敏洪，就冲你那1000人的大课堂，我也要回国做事！"

别了徐小平，俞敏洪又来到美国，找到了已经进入贝尔实验室工作的同学王强。1990年，几乎是身无分文的王强来到美国，只有文科教育背景的他3年竟拿下了计算机硕士学位，并且成功进入了著名的贝尔实验室工作，在留学生中，可以说是一种成功的典型。白天，王强陪着俞敏洪参观普林斯顿大学，让王强震惊的是，只要碰上个黑头发的中国留学生，竟都会向俞敏洪叫一声"俞老师"。这可是世界著名的大学啊。王强后来说："我真受了刺激。"俞敏洪说，你不妨回来吧，现在国内与你走的时候不一样，可以做你想做的事了。

不久，徐小平、王强站在了新东方的讲台上。1997年，俞敏洪的另一位同学包凡一也从加拿大赶回加盟了新东方。新东方像一个磁场团聚起一个年轻的梦想，这群在不同的土地上刷广告、洗盘子、做推销、当保姆、苦学奋斗而终于出人头地的年轻人已积蓄了一种需要爆发的能量。王强说："在美国留学，我们体验了一种大孤独，但我们可以战胜大孤独，就什么也不怕了。"

毅力（任何东西都无法取代辛勤的工作）

在新东方学习，你能得到什么？

每年近 5 万年轻的学生被这里吸引，只是因为可以获得一份超过 2000 分的 GRE 成绩单？一次超过 600 分的 TOEFL 考试？在 GMAT 和 TSE 考试中的高分？一份有把握的留学申请文件？

就像金钱一样，这只是一个人在奋斗后的自然产出，而更为珍贵的，是你知道怎样和自己的毅力对话，向自己的极限挑战，通过今天的冲刺，你会重新发现自身的力量，获得让你自己都可能惊讶的自信。俞敏洪说，新东方要让学员从这里带走一种美好。徐小平说，新东方学员到这里，一半是学英语，一半是听我们侃大山的。人生奋斗苦不苦？苦。光是把英语学好，就让你脱掉一层皮。但是新东方的讲课，幽默、enjoy（愉悦），每个老师都寻找每一个机会阐述人生奋斗的含义、价值，让每一个上过新东方课的人不仅觉得能得到最好的英语培训，此外，他还能获取精神的力量。

在新东方的讲座中，一个靠毅力与自信而成功的经典案例是王强在美国的一次经历。

"我的对面坐着矜持的洋人教授，那位即将决定我命运的矮胖的计算机系主任。从那副雅致的老花镜中，我读出了他多少有些无可奈何的耐心。我知道，他是想让礼貌来宽慰我驱车 200 英里后疯狂高涨的幻想和在他看来完全没有根基的狂妄。这是一次后来连我自己都感到惊讶的自我推销。

"他：我看了你的简历。你是否在简历中忘掉写进什么了？

"我：不，这是认真准备好的。

"他：可从你的学历背景中，我完全看不出来你所学的专业和你将试图申请的本系计算机硕士课程有何联系。

"我：先生，我今天赶来正是希望当着您的面，清晰地阐述我的所学与我希望踏入的计算机领域有着怎样的联系。

"他：请讲。

"我：……第一，计算机的运行靠的是计算机程式，而程式必是以一种程式语言来编写的。我迄今的工作是语言研究和运用。就语言这一层面而言，汉语、英语以至任何其他的编程语言，我不认为它们有什么本质上的差别。对我来说，学习与掌握一门编程语言不过是像学会一门方言一样易如反掌。在我现有的对于语言本质的深刻认识的基础上，编程语言的掌握和运用根本不会成为什么难题。第二，计算机科学的骨髓是逻辑。我迄今撰写文学评论方面的各种文章便是逻辑的反复与熟练的运用。对逻辑本质的极高的领悟将把我放置在超出您许多初涉计算机科学领域的学生们的前面。其三，任何伟大的科学发现都是与大师们超常的想象力甚至审美能力分不开的。一个好的程式不仅可以无误地运行，它还应具有可读的逻辑的美学清晰性。我文学方面的素养正可以充任这一角色……"

"他：精彩！王先生。在我看来，这几点就蛮可以生发成一篇有趣的论文。祝贺你，你被录取了！"

两年后，王强拿到了计算机硕士学位。

从绝望中寻找希望，这是一种极限的强调，在绝望中都可以复活，你碰上什么困难能够让你轻言放弃呢！俞敏洪告诉学员："这句话跟美国著名民权运动家马丁·路德·金所说的话是一模一样的，他在《我有一个梦想》演讲中说了一句话：'我们从绝望的大山中砍下一块希望的石头。'请记住，绝望是大山，希望是石头，但是只要你能砍下一块石头，你就有了希望。"

远见（先问自己想要什么，然后去做）

新东方的骄傲是年轻充满激情和智慧的团队。俞敏洪的温厚，王强的爽直，徐小平的激情，杜子华的洒脱，包凡一的稳重，5位校长的鲜明个性让新东方总是处在一种不肯平庸的气氛之中。他们争吵、大笑、神聊，然后是一分钟一小时地认真工作。徐小平开设的"美国签证哲学"课，把出国留学过程中的一个大家关心的重要程序问题，上升到一种人生哲学的高度，让学员在会心的笑声中思路大开；王强开创的"美语思维"训练法，突破了一对一的口语培训方式；杜子华开创的"电影视听培训法"，已经成为国内外语培训极有影响的教学方法。新东方的教师还要根据在教学中的经验著书立说，俞敏洪的《97GRE 词汇精选》被同学称为"红宝书"、"蓝宝书"。

"这是个有思想就能创造的地方，谁能把既存的东西推到极致，就由谁来主持。"杜子华在合作的愉快里，感到自己"inspire every minute（每一分钟都在燃烧）"。"在新东方的日子，肯定是我一生最愉快的时光。"

"这里没有 office politics（办公室政治），一切都在桌面解决，它是那么充满活力，我无法想象没有无私的合作会是什么样子。"包凡一在这里总是感到自己是被需要的，"我们有一种共同的追求好生活的心愿，我们有一种合作的心愿。"

"一个人能创造多大的价值？所以我们需要合作。合作的基础当然不能仅仅基于友情，更重要的是利益的协调，智慧的相互完善，还有人格的魅力和必要的妥协。"爱激动的徐小平说，"在新东方，个人的才能可以得到最大的发挥，个人的报酬可以得到充分的体现。在新东方，不是没有机会，而是缺少时间。"

还有目光和远见。

共同的创造尤其需要伸向远处的目光。眼前的利益总是在诱惑着人们，但是新东方的创造者们在最底层的挣扎中经受了磨炼，在世界先进的教育环境中开阔了眼界，还有，他们都有一个成就事业的梦想。

新东方已经是一只大船，在今天，他们看不出谁能跑到他们前面，但这对他们不是值得称道的幸事，而是一种恐惧。在没有竞争压力的地方，自己的退化是很容易在不知不觉中发生的。俞敏洪说，我们总是找时间到世界上走走，因为我们要不断吸收新的东西，我们的目光不可能总是停留在这座大楼里。还有，我们总有新的设想。

新东方已经是一个充满年轻活力的奇迹，但是它还想奔跑，就像新东方一位年轻的教师每次在结束他的阅读课时总要讲的那个故事：

静谧的非洲大草原上，夕阳西下。这时，一头狮子在沉思，明天当太阳升起，我要奔跑，以追上跑得最快的羚羊；此时，一只羚羊也在沉思，明天当太阳升起，我要奔跑，以逃脱跑得最快的狮子。那么，无论你是狮子或是羚羊，当太阳升起时，你要做的，就是奔跑。

是的，奔跑……

(摘自《读者》2000年第3期)

当惊世界殊

陈中原

长江，日夜奔流，在中华大地上书写了无数惊天地，泣鬼神的历史故事。

长江，一泻千里，孕育了举世无双的经济走廊。

长江，养育了一代又一代炎黄子孙；也吞噬了我们无数同胞的生命。

今天，长江仍像一匹奔腾不羁的烈马，威胁着亿万人民生命和财产的安全……

千百年来，华夏有识之士从未间断寻找驯服、利用长江这匹烈马的绳缰。

直到近年，人们才终于发现，绳缰已经在握，那就是：在长江三峡筑一座大坝，"截断巫山云雨"！

三斗坪畅想曲

专家们都是极富想象力的诗人。在他们的笔下，一幅辉煌壮丽的图景镶嵌在中华大地上：20年后，在西陵峡的中部三斗坪，矗立起顶天立地的大坝，这是三峡工程的主体部分。

三斗坪，距葛洲坝40公里，离重庆600公里。这项工程由泄水闸左右两翼的电站、右边的两道6级船闸和一道升船机道组成，计划20年建成。

宏伟的大坝高设计为185米。这座相当于七十多层大楼高的大坝，横在三斗坪如此独特的地理位置上，它将给我们炎黄子孙带来什么？

长江两岸，集中居住着3.5亿百姓，临水而立着重庆、武汉、南京、上海等大都会性的工业文化中心，还有一大批新兴的工业城市正在崛起。美丽的中下游平原，沃野千里，是我国商品粮棉主要生产基地之一，生产着占全国50%多的棉花、40%多的粮食。然而，自公元前185年至公元1911年的2000多年间，这里平均10年就被滔滔江水洗劫一次，而且来的周期越来越缩短：唐朝以前每18年一次，宋元年间每6年一次，明清时代每4年一次。历次洪涝不说，仅1991年夏天，湖北、安徽、江苏等地的境遇，就令全中华忧心如焚。

专家们说，三峡大坝的筑起之日，便是"鱼米之乡"告别这千年水患之时——这当然还得辅之以其他配套工程。技术经济学家们列举了近百项数据，测算三峡大坝的防洪效益：常规年份，每年可减少农业损失6亿~8亿元；遇百年洪水，可减少农村损失200亿元、中小城镇损失120多亿元。更重要的是保障了生活在中下游下原上3.5亿人民的生命安全……当然，还有许多效益难以用准确的统计数据来表达，诸如保障京广、汉丹等重要铁路干线安全，避免洪涝后常发生的疾病大流行等等。

专家们设计：三峡大坝两翼的24座发电机组总发电能力，比当时世界最大的水电站（巴西伊泰普）还多500万千瓦，可一跃成为世界第一；其年发电量是全国目前最大的水电站——葛洲坝的5倍。它一年的发电量可供北京用6年有余！

三峡大坝巨额投资，靠发电，在竣工后短短几年内就可全部收回。在工程开工后第 12 年，即可有两台机组发电；竣工后，24 座机组全部投产，每年可发电 840 亿度。这意味着每年可节省煤炭 5000 万吨，免去 8000 列火车的繁忙运输，减少需 100 多列火车运载的燃煤污染物的危害。巨大的环境效益不言而喻。这源源不断地输往全国工业最发达的华东地区的强大电流，不仅是那里经济起飞的"助推剂"，而且是那里人民生活的"清洁剂"。

三峡工程竣工后，"天堑变通途"，长江航运将发生历史性的改变，万吨船队可以从上海长驱直入山城重庆。那时，素有"黄金水道"之称的长江将发挥出更大的航运效益。长江，这条长达 6300 公里的中华第一河，尽管它的通航里程占据了全国内河通航里程总数的 2/3，沿江聚集了十多个港口大城，年运量为全国内河运量的 4/5，然而它的可航能力发挥不到一半！目前，万吨船队只能抵达湖南临湘，还到不了宜昌；客轮在三峡内四五十处河段只能单向航行，时有险情发生，严重地牵制了长江航运能力。三峡大坝的出现将使这种状况发生根本性变化。峡谷内，险滩急流不复存在，宽阔的"湖面"成为昼夜穿梭的客轮漫游的仙境。三峡水库补济性下泄水，使万吨船队可以直驶宜昌，穿过葛洲坝，驶入三峡库区，直达雾城重庆。

与此同时，三峡库区的经济也将在三峡大坝辉煌的灯火照耀下腾飞，一举摆脱贫困。

不可小视的风险

然而，不论阳光明媚之日，还是火树银花之夜，站在三峡大坝上，眺望万顷江面，昔日分外秀丽的峡谷景区也许将是另一副模样。

三峡水库蓄水至正常水位（175 米）时，峡谷内的不少风景点将沉入"湖底"，令无数后来游人惋惜。如四川云阳城南张飞庙前的枯水石刻龙脊石，卧伏江中，上有北宋元祐三年（公元 1088 年）以来游人诗文，记游石刻题记等 170 余段。不少题记不仅是艺术上品，而且是珍贵的长江历史水文科学记录资料。张飞庙，雄踞江岸，气势巍峨。庙内碑刻甚多，如岳飞草书前后《出师表》、苏轼墨迹前后《赤壁赋》等等。如此命运的人文古迹风景点多达几十处，诸如孔明碑、奉节粉壁墙、屈原故里、兵书宝剑……

三峡工程对长江流域生态环境的不利影响也令人担忧。如三峡区域内，原来喜欢急流环境的鱼类，蓄水后因水流缓慢，将离开库区。在重庆至秭归间的数个家鱼卵场将被淹没，家鱼因此也将背井离乡。这些将导致三峡内水产生态资源的重大变化，可能危及长江三百多种鱼中某些鱼种的生存！白鳍豚、白鲟、胭脂鱼等水生珍稀物种将受到严重威胁。

再如三峡水库建成后，中游河道冲刷、崩塌将加重，江岸的不稳定性和水污染等问题日益突出，沿江港口安全受到威胁，以及海水入侵造成的土壤盐碱化问题等等也令人焦虑。

更令人忧虑的是三峡水库蓄水后，可能诱发地震、滑坡。这不是杞人忧天，而是基于前车之鉴和三峡地质环境。如广东新丰江水库地区，在建库前很少有地震发生，可是自1959年建坝后，库区频频发生小地震。1962年3月19日，库区发生6级地震，造成大坝两侧发生比较大的水平裂缝，并有人员伤亡。水库诱发地震的案例无独有偶。迄今为止，全球已有八十余座水库诱发地震，其中诱发6级左右地震的就有三座：我国的新丰江、印度的柯依纳、希腊的克瑞马斯塔水库。水库诱发地震是与库区地质条件密切相关的。三峡工程所处地区正处于仙女山、九湾溪、天阳坪三个地震断裂带附近。这一带3—5级地震时有发生。三峡蓄水后，诱发地震的可能性将增加。万一发生地震，三峡可能面目全非，并殃及中下游。

在三峡河谷中，滑坡、崩塌已是司空见惯了的。小的不表，仅述大的就令人胆怯。公元377年，巫山崩，堵塞河道，使江水逆流百里！公元1985年6月间发生的一次滑坡，几乎毁灭了临江的秭归县新滩镇全镇！目前，三峡库区内相当于18层大楼的土石方滑坡就达270多处。三峡蓄水后，它们当中稳定性差的将加剧滑入江中，堵塞河道，影响航运，危害发电机组。

七十年的求索

三峡工程前景和风险，它的利弊，绝非这么几条。然而，可以说已经明晰可鉴。

早在第一次世界大战硝烟未散之际，孙中山先生就亲手描绘着开发利用三峡水利资源的蓝图。1919年，孙中山在他的《实业计划》中提出"闸堰其水，使舟得以溯流以行，而又可资其水力"的设想。

1932年，中华民国政府的长江上游水力发电勘测队，提出《扬子江上游水力发电勘测报告》；尔后，美国著名坝工专家萨凡奇博士应邀先后两次考察三峡，拟定以发电为主综合开发利用三峡的方案。这些都只是初步设计，规模较小。

深入细致的、大规模的三峡工程论证工作还是新中国诞生以后的事，特别是近10年。

1954年，毛泽东主席听取长江中下游灾情汇报后，语重心长地说："费了那么大的力量修支流水库，还达不到控制洪水的目的，为什么不集中在三峡卡住它呢？"从此，新中国三峡工程论证工作的序幕正式拉开了。各种观点在这个舞台上碰撞、交融、对立，轰轰烈烈几十年。

1956年，水电部长江流域规划办公室主任林一山的《关于长江流域规划若干问题的商讨》一文发表不久，水电总局局长李锐就发表了文章，对三峡工程方案的技术可行性、现实性、重要性、迫切性提出质疑，不赞同林一山提出的三峡工程在综合治理、开发利用长江中具有重要地位和作用的观点，认为用三峡防洪不经济，其发电并非一定时期内国民经济发展所"必需"。他认为应用沅水五强溪工程替代三峡工程更合适。听取他们的汇报后，毛泽东主席明确指示，三峡工程要"积极准备，充分可靠"。

1956年前后，我国一些专家与前来援助的苏联专家就三峡工程地址也发生争论。苏联专家认为，坝址选在南津关一带为好，比建在三斗坪的电站多发电（相当于多一个两百多千瓦的电站）；比三斗坪建坝更有利于改善南津关下游航运条件，当年萨凡奇博士也选这一带为坝址。中国专家勘探后发现，南津关一带地质条件如同夹心饼干，远不及三斗坪，竭力主张三斗坪地基好，建坝更安全。然而，中方专家的主张也有明显的不妥处，那就是几十米水头的能源白白丢失。两种方案的对比争论中，一个新的火花闪现了。在三斗坪下游修筑一个反调节水库，与三峡工程配套，挽回因坝址上移可能造成的损失，同时，预防三峡水库调峰时，下泄水时多时少造成的南津关下游水流昼夜剧烈变化。这个反调水库就是后来的葛洲坝工程。

作为三峡工程的实战准备，10年来，葛洲坝工程经历了24次大洪水的考验，大坝的沉陷、位移、渗漏量等均在技术设计允许范围内。它向世人表明，中国的水利水电科学技术是过硬的！

1960年，在全国万名科技工作者的努力下，国务院三峡工程科研领导小组提交了三峡工程的设计报告。报告说：坝址选定三斗坪，正常蓄水水位200米。

中央原定60年代兴建的三峡工程，因国家暂时的经济困难和国际形势变化而放慢了步伐。随之而来的"文化大革命"以及备战备荒任务，又使三峡工程被束之高阁。

星移斗转，正当国家又着手三峡工程前期准备工作时，重庆市人民政府对正常蓄水水位提出异议。他们要求将80年代初重新论证后确定的正常蓄水水位150米提高到180米，以使万吨船队能直抵山城。对这条建议，中央予以高度重视，要求专家们就三峡工程正常蓄水水位重新论证。这已是1984年的事了。专家们比较分析150、160、170、180、200米等不同蓄水工程方案的优缺点，综合多方面（水利、水电、航运等等）意见后，认为坝顶高185米、正常蓄水水位175米最合适。

就在1984年间，随着新一轮论证工作的展开，关系到三峡工程是否该上的争论再度白热化了。来自全国政协的多位委员明确表态：三峡工程不能上。海湾战争爆发后，有位中国科学院学部委员发表文章，认为三峡工程上了，如被战争摧毁，后果不堪设想。

四百多名专家、教授经过又一次细致深入的论证后，向中央提交了新的可行性论证报告。报告中对三峡工程可能带来的不良影响提出了相应对策：如蓄水淹没35万多亩耕地后，土地资源紧张的问题，已开始试点进行开发性移民、合理利用现有环境条件的工作；针对水生珍稀物种生存受影响的问题，将采取人工繁殖的保护措施；还有水库泥沙淤积，采取"蓄清排浑"调度方式；加强对库区地震、崩塌、滑坡的监测预报；抓紧被淹风景名胜点的迁移、重建、复制工作等等。

万一战争爆发，如何防止因大坝被毁而危害中下游千百万人民生命财产安全，专家们提出的对策是：首先三峡大坝采用重力混凝土方案，能防御常规武器的破坏；其次为防遭核武器破坏后造成下游大面积水灾，采取设足够量的泄洪低孔方案，以利临战时，将水位迅速降低，以减轻可能造成的水灾损失。若水位降到130米时，洪水将不会溢出长江中游的"悬河段"——荆江分洪区，灾情较轻。

专家们认为，三峡工程经过几十年反反复复地论证，已相当全面、细致、深入，"方方面面，都已摸过多遍"，不会再有什么疏忽。因此，在新的可行性论证报告上，他们把千言万语凝结成醒目的17个黑字：三峡工程"建比不建好，早建比晚建有利，建议早决策"。

最后，我以毛泽东的诗词作此文的结束语：

……

更立西江石壁，

截断巫山云雨，

高峡出平湖。

神女应无恙，

当惊世界殊。

(摘自《读者》1992年第5期)

第一桶金

沙叶新

段祺华是90年代第一个回上海开办企业的留学生；回来之后，他又首先突破留学生开办企业范围的禁区，是开办私人律师事务所的第一人，以后他还有很多第一，很多NUMBER ONE。

1983年段祺华毕业于上海华东政法学院，1988年自费赴美留学，1990年获华盛顿大学法学院硕士学位，同年又受聘于西雅图著名的法律事务所——威廉·克斯诺及布斯吉法律事务所，任法律顾问。创业伊始，他在美国的叔父很郑重地对他说，年轻人要创业，就要学会画1，不要画0；0好画、省事，可你画一千一万个0还是0，什么也没有增加，如果先把1画好，以后每画一个0就是扩大10倍，价值就倍增。美国也有一句格言，叫人生最重要的是第一桶金，说的是同样的人生哲理，切记、切记！

段祺华记住了，记得很深，很牢。可他的第一桶金在哪里呢？他的"1"从什么地方落笔呢？是在美国吗？他深知在美国干得再好，也是0，也是为别人干的；金子总是落在 U.S.A 的桶里。美国的华人都知道，美国有"玻璃天花板"一说，说的是美国的各大公司、各大企业包括政府的各大部门，就像座金字塔，在里面从底层向塔尖望去，看起来一眼可以望到尖顶，毫无间隔，似乎人人都有均等的机会向上攀登；可对华裔和美国其他的少数民族而言，每一层都有无形的玻璃天花板横在头顶，使得塔尖可望而不可即；只有回到自己的国土，才有根基，才能发挥双重优势。

一种爱国痴情的信念表现在他的毕业考试中，他的毕业论文题目是《论在中国开办私人合伙律师事务所的可能性》。段祺华撰写毕业论文并不只是为了获得文凭，他是要让他的研究成果付诸实践，让自己成为第一个吃螃蟹的人——回国开办私人合伙律师事务所，在中国画上那个最重要的"1"。

1992年段祺华决定回国创业，当开办私人合伙律师事务所的第一人。回国前夕，在大街上他遇见了中学同学姚蔚文。当段祺华说到要回到中国发展时，姚蔚文大吃一惊：

"你真的是疯了！你不像我呀，我毕业到现在还没混出个人样来，听你刚才说的，你现在已经是华盛顿州最高法院任命的第一位外国法律顾问了，又是美国西北国际贸易有限公司的副总裁，职业好，年薪高，有好车子、好房子，也算是初步进入美国的主流社会了。我们这些留学生，离乡背井，吃尽千辛万苦，不就是为了这样的美国梦吗？"

"我当初出来的时候就是打算回去的。"

"干吗？报效祖国呀？你是共产党员？是民族英雄？是爱国志士？本世纪都快要结束了，怎么还有你这样的古董？"

"爱国没有什么好嘲笑的吧？"段祺华有些生气。

"你怎么还这么中国，这么传统！"

"这个传统没什么不好！美国人也很爱国，尽管他们对美国也很不满，可他们比任何人都爱自己的国家，你为什么不嘲笑他们？"

"我只是对你回去表示担心。中国目前还是个法制不很健全的国家，你就真的相信留学生的新政策不会变呀？"

"中国法制不健全，那我们学法的就更应该回去，使中国的法制健全起来。我从没认为中国十全十美。可是我想，要是中国不好，那我们就回去齐心协力地想些办法把她搞好！我要回去，爱国当然是一个因素，可还因为我看好中国，相信我在国内能有更好的发展。"

结果这次两个老同学的不期而遇，最后变成了不欢而散。这次谈话的阴影一直留在段祺华的心里，他真的不理解为什么那么多人反对他回国。本世纪以来的前几代留学生，绝大多数都是愿意学成归国，报效父母之邦，为什么这一代留学生却宁愿终身寄居异域呢？他久久地思索着。

段祺华为了回国，毅然辞去了在美国的几乎所有职务，毫不犹豫地拿出了家中几乎全部的积蓄；他已经是破釜沉舟，孤注一掷了：他把所有的热情，全部的希望以及一家数口的生活出路统统都寄托在中国了！可他在1992年数度往返于中国和美国，奔波于上海和北京，用去了几万美元之后，所得到的关于开办私人合伙律师事务所问题上的答复却是一个字：NO！矛盾在于：段祺华的想法过于超前，而当时的政策仍然滞后。

咦？不是欢迎留学生回国工作吗？我是回国办企业的呀？

是呀，我们是欢迎你回来办企业呀。我们欢迎留学生回来搞贸易、开工厂、进行科学研究、从事教育工作，文件上都有具体规定，可没叫你回来做律师呀！

我是学法律的，不做律师做什么呢？

你要做律师也不是不可以，律师我们也缺呀；但是必须到我们的律师事务所去做呀！

我是要申请开办私人合伙的律师事务所！

那怎么行呢？什么都能搞独资、搞中外合资，律师事务所怎么能私人合伙呢？

就不能放宽些政策吗？

那……哦，我们请示了，除非你交出绿卡。

我们留学生回国当律师的优越性就在于持有绿卡，可以自由出境办理涉外案件；如果把绿卡交了，我们今后还怎么能方便地出国办案呢？

嗯……还有一个办法，你和我们合办。

不，我一定要独自办。我认为政策还应该再开放一些。

段祺华重温了他的论文，再次坚信他的结论仍然没错，因为在中国开办私人合伙律师事务所是改革开放的必需，是中国经济和国际接轨的必需，是中国走向世界的必需。其中道理其实也很简单，外商要投资，要和中国做生意，在发生法律纠纷时，你怎么能期望外商会相信一个是"国家干部"（尤其是社会主义的"国家干部"）的律师来代表他们的利益呢？他们怀疑政府开办的律师事务所的公正性，他们只相信只代表当事人利益的私人律师。

他跑断了腿，磨破了嘴，一次又一次地去说服有关机构和有关领导，经他协调后，得到了这样的批示："可以开这个口子。"

1992年11月段祺华申请的私人律师事务所终于获得国家司法部、上海司法局、国家教委、上海人事部门的特别批准。1993年4月8日，以段祺华为核心的"段和段律师事务所"在上海锦沧文华大酒店宴会厅举行挂牌仪式，100多位贵宾出席了开幕式，美国总统克林顿还特地发来亲笔签名的贺信。

1993年9月初，段祺华迎来了开门红，他的律师事务所力挫群雄，一举中标，承接了美国劳工部委托的一宗案件，使得美国政府有史以来第一次成为中国律师事务所的客户。美国塞班岛有家公司，对3000多名中国劳工强行超时工作，克扣工资（每天工作10小时以上，每小时不到2美元）。美国劳工部以违反劳工法状告该公司，经法院判决，该公司需赔偿中国劳工1200万美元，成为中国劳工史上金额最大的一起赔偿案。可当时中国劳工大都回国，并且多数不知此事。段祺华的事务所每周工作7天，每天工作16小时，终于将分散在广东、福建、海南各地偏远山区的3000多份劳工的血汗钱分别送还到他们的手里。美国劳工部对发放过程进行全程监督，负责此案的美国劳工部梯汉恩主任最后表示："能这么迅速地找到所有当事人全部发放赔偿金，实属奇迹，不可思议!"此案成功的办理,使得新生的段和段律师事务所被世界最著名的法律杂志《伦敦国际金融法律》列为1000家国际性律师事务所之一。

1995年,段祺华的律师事务所又漂亮地为上海玩具公司打赢了一场拖了8年之久已经成为铁案的索赔案。该案发生于80年代初,当时上海玩具公司受托生产美国帝国玩具公司的塑料玩具弹弓,产品在美国销售后,发生了几起弹弓伤人事件。1986年美国帝国玩具公司在美国联邦加州地方法院起诉上海玩具公司,要求中方赔偿。由于当时国内律师事务所不熟悉美国法律,又因无法出国办案,以至应答对策有误。1989年10月,美国当地法院作出缺席判决,要求上海玩具公司赔偿138万美元,以后又加上利息需赔偿200多万。段祺华接手此案后,用了将近一年时间,为客户制定了上百页的有理有利的诉状,列数了7大抗辩理由,终于打赢了这场官司,为国家挽回了200万美元的损失。此案的胜诉轰动一时,国内外都做了大量报道,称此案为"不可思议的胜利",国内已将此案列为著名的案例写进了司法教科书。

1996年段和段律师事务所还承办了上海开埠以来最大的一起越洋官司。美国H公司为抵赖对中国抽纱进出口公司200万美元欠款,恶人先告状,反告中国抽纱进出口公司侵犯H公司的版权,索赔1.35亿美元!此案错综复杂,险象环生。段祺华配合中方的当事人,历时7个月,反复与美方的当事人和律师较量,终于使美国法庭作出有利于中方的判决,使得H公司无条件地撤诉,并归还了200万美元的欠款。这次跨国诉讼,伸张了正义,讨回了公道,大长了国人志气。

段祺华创业至今,在他的客户名单中,已有多家列入世界500家大企业的跨国集团公司。1997年初,中国颁布了新的《律师法》,进一步明确规定私人可以开办"合伙的律师事务所"。中国的司法制度又再一次地前进了,在这前进的步伐中,不是也有着段祺华早在5年前就印下的第一个脚印吗?

(摘自《读者》1997年第7期)

我的海底

王水林

1

浓雾般深沉的生命,把人类分为两截,一半是苦涩的海水,一半是坚冰般的陆地。我一出生,就被扔在了那冷酷而又阴森的海底。

家境的贫困,构成我生命磨难历程的第一个牢笼,孩子们应享有的权利,诸如幸福、温暖、玩具、上学之类的名词,对我几乎是不可企及的童话世界的梦幻。童年的坐标上,留下的唯有风化的泪水、凝固的苦难和生命几经挣扎的微光。

母亲的眼泪,父亲的暴躁,和着我的痛苦,像一股汹涌的激流,咆哮在渭北高原上这个贫穷破落的小村庄。

祖祖辈辈守着那几亩干巴的黄土地,留给我的也只有困和愚昧,以及揭不开锅时的惊惶和吵闹。在一年青黄不接之季，父亲带着病恹恹饿得发昏的大哥，在人们的辱骂和白眼中行乞。我到了9岁，在哭泣和怜悯中，才得以五毛钱的借贷到小学一年级插班上学。在外面，我从来没有流过一滴眼泪，可有谁知道，我的心里有多苦。每每放学，提心吊胆走回家，家门口总是围着一大群看热闹的人，嘻嘻哈哈瞅着我父母吵架。

看到父母吵架，我只有流泪。

家庭的破碎和冰冷，过早地在我幼小的心灵上刻下了深重的创伤，铸成我孤僻、自卑的性格。在学校里，我很少说话，目光呆滞，常常一个人坐在角落里发愣，有好几次，放学后教学里不知何时已经空了，可我还是一个人坐在那里发呆。因此，很多同学骂我"傻子"、"白痴"，向我吐口水、扔脏物。只有每一学期拿回家的"三好学生"奖状，还能给内心点点安慰。

一年春季，又一场吵闹之后，父亲因负担不起家庭贫穷的担子，丢下家一个人走了。从此，体弱多病、从来不能下地劳动的母亲和初中刚刚毕业的二哥，挑起了家庭的重担。

在学校，我忍着阵阵袭来的饥饿感，努力听课、做笔记。放学后，尽自己弱小的力量，分担母亲和二哥的劳动。夜深人静，才可借着一盏微弱的油灯，看书、做作业。

是这盏凄清的油灯，伴着我、熬过一年又一年，把痛苦压进书本，压缩成一个一个沉重的文字和符号，刻在心里，印在一张张又粗又厚沾满水泥的牛皮纸上（由于没钱买练习本所以只能捡那些被扔掉的破水泥纸袋来写字）。没有书桌，只好趴在炕沿写字。

也是这盏油灯，伴我考上了中专。接着又因成绩优秀，被保送到北京，进了大学。

由于我在贫困中生活惯了，带来了一身的"小气"和寒酸。这常常使我成了人群里不受欢迎的人。也正因为此，我分外嫉妒别人，嫉妒别人有说有笑，嫉妒别人受人欢迎，有时甚至到了憎恨的程度。有一次，为了显得我也挺大度，并非那么小气，更是为了想改变一下自己在人们心中的印象，我拿了10元钱，请同宿舍的同学去"搓"了一顿。事后，一切重归原状。便接下来的一个月，我却不得不勒紧腰带。

1989年元旦，一封"母病危速归"的加急电报像晴天霹雳打得我几乎昏厥过去。

我跌跌撞撞赶回家时，一层黄土已经把我和我的母亲永远隔开了。

冰冷的黄土，呼啸的寒风，并吞着深沉的夜色。伏在母亲的坟头，我拼命抠着黄土。娘，您慢点走。从今往后，儿的冷暖谁来牵挂，又有谁把儿的游荡的心收揽！娘！

旷野里听不到母亲的回声，只有冷风呜咽，撩拨着我的头发，撩拨着枯划，只有茫茫的夜色，悄悄带去我的悲哀，只有黄土默默承接我的斑斑苦泪。

一夜飞雪盖住了旷野，盖住了村庄，盖住了母亲的坟头。第二天，我刨开积雪，从母亲的坟头装一盒黄土，怀里揣上母亲的照片，回到学校。

失去了母亲，我几乎失去了精神的支柱，失去了心里的依托。虽然强打精神去听课，却根本不知道老师在讲什么。

然而，不幸的事总是结伴成双。

就在我上大学二年级的那年冬天，父亲因一次车祸去世了（我回家后才知道）。此时，正是母亲去世一周年后的第十四天。

由于车祸的事尚未处理，我擦干眼泪，强打精神，一次又一次硬着头皮走进县交警大队带有大铁刺、红五星的大铁门。我流着泪站在那压着玻璃板的办公桌旁。临了，他们扔给我两句冰冷的话："别说了，没什么好说的。走吧，我们工作很忙，事情自然会处理的。"

老师同学们得知我的情况后，纷纷向我伸出热情的、充满力量的手。

老师从自己的微薄的工资中拿出50元钱送给我。同学们也纷纷从自己的生活费、零花钱以及买衣服、买化妆品的钱中，抽出10元、5元、2元送给我。

老师说：人，应该有更高的追求。以后更漫长、更艰难的路还要靠你自己走。

我把这182元钱原封不动地装在信封里，封好口，放进箱子。我要把它好好保存。这是我精神的财富，精神的存款。

老师、同学的鼓励、关怀和帮助，温暖了我这颗破碎冰冷的心，使我鼓起了生活的勇气，振作了起来。从此，我开始了新的生活。

2

随着年龄的增长，我逐渐认识到作为一个人，一定要具有自强自立的精神。在国外，大学生多是自己打工赚钱上学，视父母供给为耻辱；而在国内，由家里父母出钱供子女读书似乎成了天经地义的事。失却双亲，固然使我悲痛万分，但也使我同时获得了同龄人不愿具有的、而事实上正是我们所缺乏的一种生活态度，那就是自强自立。

于是，课外我开始尽力去打零工赚钱，每天都是超负荷运转。白天上课，晚上帮图书馆抄卡片，给其他老师誊写私人文稿，天天干到深夜。

亚运会期间，我估计批发点亚运纪念章，准能赚点儿。于是我订了一批纪念章，每天去串各大学，敲响男生、女生一个又一个房门，一遍又一遍地说着："要纪念章吗？"

平时，我也注意尽最大的努力省吃俭用。偶尔吃一顿鸡蛋西红柿，算是最奢侈的享受了。

整个暑假，我都在外面打工。风里、雨里、烈日下，去街头刷油漆、扫街道、清除杂草、搬运垃圾……

这些劳动使我很辛苦，但我对痛苦却逐渐淡漠了，心里很充实，性格也开始变得开朗了。

就这样，我终于走到了大三。

也许，我的经历是特别的。别人没有我这样"运气"。可是，生活对每个人都是公平的，在别人挥霍父母金钱却自以为潇洒时，我却在苦难人生中自立成人，懂得了人生活在世上，最大的财富乃是具备一种自强自立、奋斗不息的精神。

生活的路还很长，我只有走下去。正如我的出生就被"宿命"到贫困、愚昧的土地上一样，我注定还会遇到更多的苦难。

重要的是，我已具备了走下去的勇气和信心。

我别无选择！

（摘自《读者》1992年第2期）

我叫马三立
刘连群

20世纪90年代的大部分岁月，已经步入耄耋之年的马三立依然保持着健旺的活力。

1992年11月12日，中国曲艺家协会等单位在天津举办"庆祝马三立从事相声艺术65周年"活动；一周后，"马三立杯"业余相声邀请赛揭幕，马三立担任顾问，这是相声界第一次也是迄今为止唯一的一次以艺术家名字冠名的全国性赛事。如果说很长一段时间内，相声艺术是马三立和侯宝林两位大师双峰并立、各领风骚，那么，一年以后，随着小马三立4岁的侯宝林的病逝，就再也没有人能与他比肩了。一向低调的马三立，被内外行一致尊为相声艺术的一面旗帜。

也是在1992年，后期为马三立捧哏的合作者王凤山也去世了。风格独特、技艺炉火纯青的大师级演员，能够找到一位功力相当、与之配合默契的搭档是非常不容易的，况且还有年龄匹配的问题。有评论称"马、王二位合作配合默契，精逗严捧、人艺合一，他们合作表演的每一段相声都是传世经典"。痛失臂膀，马三立的痛心、惋惜可想而知。

但那时的马三立没有时间伤感，相声、观众都需要他。王凤山仙逝后，他就只说单口的小段节目了。这一来倒另辟蹊径，开拓了另一艺术天地。随着《家传秘方》《八十一层楼》《讲卫生》《练气功》《卖鱼》《内部电影》《老头醉酒》等小段的广为流传，他的保留节目增添了新的内容。他以老者的神态、语气讲笑话，往往从大家熟悉的生活琐事说起，乍听起来絮叨细碎，茫无头绪，可就在不知不觉间流水无痕地转入正题了，他仍旧不慌不忙、循循善诱，直至"包袱"设就，从容"抖"开，让你先怔一下，才幡然醒悟、忘情失笑，而且越笑越有味道，有时还会依稀咀嚼出一丝哲理来，这就是大师的功力和境界。

大师的幽默又是不受舞台限制的。晚年的马三立似乎随时随地都能找出笑料，激起笑声一片。接受采访或出席活动，往往有人要求拍照，当时还没有数码相机，人家刚把照相机举起来，他随口问道："胶卷是正品吗？"没等对方反应过来，接着说，"现在骗人的事太多，不行，先打开看看！"拍照者急了："一打开胶卷不就……"话到半截，他和在场的人就都乐了，原来是个"包袱"。他去劳教所看望失足少年，走下汽车就被两位女警察从两边搀扶，记者一路追随照相。走着走着，马三立忽然温和地对女警察说："能不能由一位扶着我？"女警察不解："马老，您年纪大了，两人扶着走不是更稳当吗？"他显出为难的样子回答："是，这样是稳当。可你们看，这么多记者照相，明天一准见报，群众看见我让俩警察架着往里走，会说马三立这么大年纪还犯案，这不，被警察押着进监狱了！"此话一出，据说扶着他的两位女警察笑得弯下腰，半天没直起来！

马三立在台上说相声时经常自称"马大学问"，其实生活中的他确实爱读书，到老仍手不释卷，并且兴趣广泛、博闻强记。他早年的名作多是"文段子"，以擅长文哏著称，内容离不开引经据典之乎者也，虽然往往是"歪批",原文却是货真价实的。他说起来流畅自如、一气贯通,断句、语气准确妥帖,这和他在古书上下过很深的功夫是分不开的。他读书涉猎的面很广,从古诗文到演义、评话、野史、传奇、志异、"笑林"甚至科普读物都读。为了在相声中讥讽算卦迷信,他还读了许多相书。他认为相声演员"肚子是杂货铺",为此他一直忙中偷闲、见缝插针,勤读不已。

除了读书,他还喜欢看戏。戏曲和曲艺历来不分家,看戏是他的老爱好,他因此结交了许多梨园的朋友,还能粉墨登场,晚年偶尔在庆典或联欢性的合作戏中"客串"角色,虽然嗓音欠佳,却总能为之增色添彩。他还爱好国画、书法,爱看足球。

马三立的记忆力堪称训练有素,而且到老不衰。他说的段子经常有大段的"贯口活",文字很长,还要背诵如流、朗朗上口,都是靠早年的苦读强记。他到晚年一直没有放松对记忆力的锻炼。

1998年,马三立在中国大戏院参加全市抗洪救灾募捐义演,时年84岁。

那是他最后一次登上这家历史悠久的名剧院的舞台。在此前后,他开始越来越明显地感觉到身体和精力的衰退。

民间有一种"三短"的说法:春寒、秋暖、老健,指的是这三种现象都难以持久:春寒料峭,接下来就将转暖入夏;秋日和煦,离凛冽寒冬已然不远;人老犹健,实际上身体机能衰落的步伐一直没有停止,到一定时候还会加快速度。马三立在纸上写下了:"风前之烛,瓦上的霜,珍惜声望,莫追时尚。"

前两句,像是戏中常用来形容桑榆暮景的唱词,比喻形象而意境苍凉;后面两句则是郑重的自勉,强调老人最后要珍惜和坚守的艺术和人生的准则。

晚年的马三立始终律己甚严,曾经自拟"养心安神十一条不该"和为人处世的"三别、三不、三对、三要"。"十一条不该"中,有"不该办的事情,莫办;不该去的地方,不去;不该用的物品,不买;不该要的礼物,不收……不该得的报酬，不要"。"三不"是"不为名利得失伤脑筋，不羡慕妒忌大款大腕，不在艺术上消极灰心"。"三对"是"对自己的声望，珍惜；对道德品行，端正；对衣食住行，知足"。谁能想到，盛名之下的相声大师，老来竟给自己立下这么多严格的规矩！放进为各行各业包括党员、干部制定的纪律准则，这标准也不低了吧。正如骥才兄在拙作《马三立别传》序中写的："……这恰恰是真实可信却鲜为人知的马三立本人。"

马三立晚年，先是住进天津市第一工人疗养院，后转入以他的名字命名的老年公寓，间或也应邀到津郊东丽区"马三立老人园"小住。

2000年，他因身体不适住进医院检查，被确诊为膀胱癌。

2001年，他接受了第一次手术。术后病情缓解，体力虚弱，他把吸了五六十年的香烟戒掉了。他在住院期间仍然乐观、豁达，笑口常开。术后伤口疼痛，医生说实在太疼就打止疼针，他问是打杜冷丁（哌替啶）吗？医生称是。他知道杜冷丁（哌替啶）类麻醉药容易上瘾，就忍着疼痛不让多打，还告诉医生："少打这样的针，回头病好了出院没回家，从医院直奔戒毒所就麻烦了！"在场的医护人员都忍不住笑了。

2001年12月8日晚，《今晚报》等单位联合举办"相声艺术大师马三立从艺80周年暨告别舞台晚会"。那是一个大雪过后的寒冬夜晚，路上还积着厚厚的冰雪，络绎不绝的人群从四面八方拥来。天津市人民体育馆灯火辉煌，票早已售完，门前仍然熙熙攘攘。

晚会由著名主持人赵忠祥、倪萍主持，苏文茂、马季、常宝华、姜昆、冯巩、牛群等几代相声名家，歌唱家李光曦、马玉涛、郭颂和曲艺戏曲界众多著名演员助兴出席，可谓群星荟萃。

马三立本人登场了，仍是那身合体的灰色中山装，那副镀金框架眼镜，身材修长，还夹杂着灰色的银发梳理得一丝不苟，面含微笑，一派儒雅的长者风范。知道内情者会发现他的步子比过去慢了些，气息也显得微弱，但一站到舞台上，他仍旧精神矍铄、光彩照人。

他依然照例向观众作揖示意，待如潮的掌声平息下来，大厅里鸦雀无声，人们都静静地等着他开口。但谁也没想到，他用那沙哑、温和的嗓音说出的第一句话是："我叫马三立……"谁不知道他是马三立？但他就是用这种小学生报到式的自报家门，轻松拉近了与几千名观众的距离，也缓和了现场紧张的气氛。然后，他张望一下满台的鲜花和花篮，抬头面向观众，用有些惶恐和腼腆的语气问道："……我值吗？"这一来就像点燃了火药引信，场内迅即响起了雷鸣般的回应："值！"

他笑了，观众也笑了。

人们很难察觉他的表演是何时开始的。他还在不慌不忙地和观众聊天，鲜花引起的话题还在延续："台上摆了这么多鲜花，真香啊！省得往后给我买花圈了……真到那天，必须送真花，假的不行啊！"原本是一语双关，观众却顾不上体味其中的隐情，随之笑声四起。

马三立似乎有意冲淡晚会隆重、严肃的气氛。相声就是让人们笑的，他要把笑进行到底。于是他娴熟自然地现场抓哏，妙语连珠："……有的观众点我那段《买猴儿》，说不了了，没气力了，我现在已经成了'老猴'了！"利用同台演员的名字"现挂"，从来是他的拿手好戏："倪萍叫我唱一段，我这声音怎么能比得上李光曦呢，李光曦是金钟嗓子。他为什么有这么好的嗓子呢？他平时就注意保护，不抽烟，不喝酒，干东西不吃，李光曦，光喝稀的……还有郭颂，我们认识好几年了……他不忌口，葱、姜、蒜什么都吃，山东的火烧也吃，不噎嗓子。我一想对呀，他叫郭颂啊，不管什么吃的，端起锅来就往嘴里送……"

对赵忠祥，他另有关照。倪萍夸他："马老今天穿得这么帅，太漂亮了。"他回答长这么大，没人夸自己漂亮。倪萍说现在都在减肥，您这么瘦，所以最漂亮。他说不敢减肥了，没得减了，长这么大，没超过一百斤。然后一指旁边的赵忠祥："他的袜子能给我改一背心……"

到大家上台表示敬意和祝贺时，他仍然不肯让气氛庄严起来。马季神态虔诚地献上自己手书的八个大字"前无古人,后无来者",马三立含笑称谢,拉起他的手说:"我和马季,还有马玉涛是一家子,都是'马大哈'的后代。"全场大笑。

他原为让人笑的,他坚持到了最后。

大师走得很平和、很从容,似不再有所牵挂。

马老生前,曾借宋人程颢的诗抒怀:"云淡风轻近午天,傍花随柳过前川。时人不识余心乐,将谓偷闲学少年。"本文就引用诗人的另一首作品《秋月》作为结尾:"清溪流过碧山头,空水澄鲜一色秋。隔断红尘三十里,白云红叶两悠悠。"

(摘自《读者》2012 年第 1 期)

张光斗：给老百姓干活的工程师

张严平　李江涛　卫敏丽　吴　晶

95 岁的张光斗对自己头顶上的光环总感到不适。"我不仅不是什么'泰斗''大师'，也不是科学家，我就是一个工程师，一个给老百姓干活的工程师。"

他认为："我们过去一直有个毛病，重科学、轻技术。现在很多人，你说他是工程师，他很不高兴；你说他是科学家，他便很高兴。"张光斗 1955 年当选为中国科学院首批学部委员，1994 年当选为中国工程院首批院士，他是中国水工结构和水电工程学科的创建人之一。

2002 年之前，作为国务院三峡枢纽工程质量检查专家组副组长，他一连几年每年都要去几趟三峡工程现场。

"我很想去三峡工程再看看，但可能去不了了。"2007 年 4 月 28 日，在清华大学为他从事水利水电事业 70 周年而召开的座谈会上，他道出了心中的遗憾，"我年纪已经很大了，很多事情做不了了。"从抗日战争时期在四川为军工生产建设一批小型水电站,到三峡大坝全线建成,张光斗的身影伴随着当代中国水利水电事业的发展历程。

现在应是报国的时候了

张光斗1912年生于江苏省常熟县鹿苑镇的一个贫寒家庭,1934年毕业于上海交通大学土木工程学院,同年考取清华大学水利专业留美公费生。

1936年,他获得美国加利福尼亚大学土木系硕士学位;1937年,又获哈佛大学工程力学硕士学位,并得到了攻读博士学位的全额奖学金。同年,中国抗日战争全面爆发。张光斗坐不住了,他说:"如果我国战败,我们在美学习毫无用处,现在应是报国的时候了!"

他放弃了继续深造的机会,辞谢了导师、国际力学大师威斯托伽特教授的挽留回国参加抗战。威斯托伽特深感惋惜,但对张光斗的爱国之举表示理解和敬重,他说:"哈佛大学工学院的门是永远向你敞开的!"

回到中国的张光斗成为一名水电工程师,他在四川先后负责设计了桃花溪、下清渊硐、仙女硐等中国第一批小型水电站,为抗战大后方的兵工厂雪中送炭。

1945年,张光斗被国民党资源委员会任命为全国水利发电工程总处总工程师。

1947年底,当时美国联邦能源委员会来华工作的柯登总工程师即将回国,他劝张光斗举家迁往美国,并答应代办签证、代付路费并安排在美工作,如果张光斗同意,还可在美国合办工程顾问公司。可张光斗表示:"我是中国人,是中国人民养育和培养了我,我不能离开我的祖国,我有责任为祖国的建设效力。"

1948年,国民党节节败退,资源委员会要求张光斗把所有技术档案和资料图纸都装箱转运台湾。在中共地下党组织的安排和协助下,张光斗把资料装了满满 20 箱，秘密转移保存下来，同时将 20 箱假资料上缴至资源委员会。

他冒着生命危险，为新中国水电工程建设留下了宝贵的技术资料。

执数十水利工程设计之牛耳

1949 年底，张光斗应清华大学工学院院长施嘉炀的邀请，北上清华大学任教。

1951 年，张光斗负责设计了黄河人民胜利渠首闸的布置和结构，几千年来中国人在黄河破堤取水的梦想得以实现。

1958 年，张光斗负责设计了华北地区库容量最大的密云水库。密云水库一年拦洪、两年建成。周恩来称赞它是"放在首都人民头上的一盆清水"。

自 20 世纪 50 年代以来，张光斗先后参与了官厅、三门峡、荆江分洪、丹江口、葛洲坝、二滩、小浪底、三峡等数十座大中型水利水电工程的技术咨询，他对这些工程提出的诸多建议，在中国水利界被传为经典。

1963 年、1982 年张光斗先后两次率团参加国际大坝会议和世界工程师联合会。通过努力，中国取得了在国际大坝委员会和世界工程师联合会的成员国地位。

美国加利福尼亚大学为表彰张光斗自该校毕业后在水利事业上所取得的成就，特授予他 1981 年度"哈兹（haas）国际奖"。

张光斗说："我愿把自己全部的本事使出来，让国家用得上。"

水利部长的泪水夺眶而出

1976 年，唐山大地震波及密云水库，大坝保护层发生局部坍塌。身处"文革"逆境、在黄河小浪底接受劳动改造的张光斗半夜被叫醒，要他火速赶回北京。

已是 64 岁的他连夜上路，次日深夜赶到北京西直门时，去清华大学的末班车已经开走。他只好一个人背着三件行李艰难步行。一位好心的大货车司机顺路把他捎到了中关村。从中关村步行至清华园需半个多小时，他就用蚂蚁搬家的办法，把三件行李一件一件分三次从一根电线杆下搬到另一根电线杆下，如此循环往复，一直搬到清华的小西门。

回到家时已是凌晨三点，天一亮他便搭公共汽车去了密云。

密云水库的险情让他心急如焚，可急匆匆赶到的他接到的指令是："这次抗震加固设计方案你要负责，但不能在图纸上签字。"那时正值"四人帮"猖獗之时，面对不公正的待遇，张光斗依然不顾一切地全身心投入工作。"我是为人民工作的，让我签字也好，不让我签字也好，反正我要对老百姓负责！"他说。

有人说张光斗命大，因为他曾几次与死神擦肩而过。他在去水库的路上翻过车；在山里遭遇过泥石流；在二滩水利工地上被山石袭击过，遇难的一位工程师当场倒在他的怀里……

几十年来，无论负责哪一个工程，他一定要去工地；到了工地，一定要去施工现场。工程的关键部位，再艰难危险，他也要去亲眼看一看、亲手摸一摸。七八十岁的老人早该安享天年了，可张光斗还在钻千米坑道，爬几百米深的竖井。

当年在葛洲坝工地，为检查二江泄水闸护坦表面过水后的情况，年近 80 岁的他，乘坐一只封闭的压气沉箱下到了 20 多米深的水底，开沉箱的工人惊叹："我从来没见过这么大年纪的人还敢往水下钻！"

正在葛洲坝工程进行现场设计审查的他，突然接到清华大学的电话，说有急事，请他立即返校。他匆匆赶回北京，推开家门，等待他的竟是惊人的噩耗——他 37 岁的长子因突发急病抢救无效去世。

打开儿子的抽屉，看到十几张没有上交的病假条，他知道孩子一直在拼命地工作。

他把自己关进了房里，两天没有出来。两天过后，他走出房门，拿出的是上万字的《葛洲坝工程设计审查意见书》。

时任水利部部长的钱正英接到这份意见书，泪水夺眶而出。

最大梦想的实现

1992年4月3日，全国人大七届五次会议表决通过了《关于兴建长江三峡工程的决议》。那一年，张光斗80岁，建设三峡工程是他心中最大的梦想。

1993年5月，张光斗被国务院三峡工程建设委员会聘为《长江三峡水利枢纽初步设计报告》审查中心专家组副组长。

面对汇集了10个专家组、126位专家意见、总字数达300万的报告，他每天拿着高倍放大镜，从早到晚，逐字逐句反复推敲审核。他在专家组会议上说："我们有信心、有志气建好三峡工程，我们又要如履薄冰地对待三峡工程。我们一定要抓住关键问题，只要是关键问题，千万不要放手！"

1994年，三峡工程开工。在此后近十年的时间里，已是耄耋之年的张光斗，每年至少跑两趟三峡工地。爬孔洞，下基坑，哪里不放心，他就往哪里去。他说："工人师傅能去，我为什么不能去？"

2002年4月，90岁的张光斗第21次来到三峡大坝工地。和往常一样，他脚穿水靴、头戴安全帽、身着蓝色布衣，顺着脚手架往大坝上缘的导流底孔登去。这是工程的一处要害部位，混凝土表面哪怕有一点点不平整，都将是大坝安全的隐患，所以，他一定要去看一看、摸一摸。

10米、20米、50米、55米……跟在后面的人看到他的双腿在微微发抖，但他依然顽强地向上攀登。查看了两个底孔后，他回到了地面。"我实在是爬不动了。"他说，"要是有力气能爬，我一定再去多检查几个底孔。"

2006年5月20日，张光斗在家中收看爆破拆除三峡大坝围堰的电视直播，当礼炮般的爆破声响起之时，94岁的他激动得站起身来……

做一个好工程师，一定要先做人

不去大坝的日子里，每天清晨，张光斗会提着书包、挂着手杖，出家门沿一条小路朝清华园的办公室走去。手杖在小路上磕出笃笃的声音，花开花落，风雨无阻。

踏着这条小路，他迎来了清华大学水利系的成立，创建了国内的水工结构和水电工程学科，开设了水工结构专业课，编写了国内第一本《水工结构》中文教材。他还建立了国内最早的水工结构实验室，培养了国内首批水工结构专业研究生。

他在清华园的讲台上整整站立了50个春秋。"一条残留的钢筋头会毁掉整条泄洪道"，这个例子，张光斗从20世纪一直讲到今天。

坚持理论与工程技术实践相结合，是他毕生的教育理念。

学生们交论文，他要先设一道槛，看有没有经过实验论证或工程实践检验，如果没有，立即退回。他告诉学生们，在水利工程上，绝不能单纯依赖计算机算出来的结果，因为水是流动且变化的，如果你已经设计了100座大坝，第101座对于你依然是一个"零"。

他打分的标准很奇怪，学生如果只是按照书本一五一十地回答问题，即使全部正确，他顶多给3分；学生如果有自己的见解和分析，又言之有理，即使尚显幼稚，他也会喜上眉梢，一定给5分。他告诉学生们，在工程技术领域，如果没有创新，永远只能跟在别人的后面爬行。

张光斗在学生们的心目中是一个极富魅力的人，他的特立独行，他的逆向思维，乃至他的严格、严谨，都传达着一种穆如清风、淡定忘我的风范。

张光斗对学生们说得最动感情的一句话是："做一个好工程师，一定要先做人。正直，爱国，为人民做事。"

张光斗已是桃李满天下，许多学生已经成为中国水利水电事业的栋梁之材，其中包括16位两院院士、5名国家级设计大师。

1997年，85岁的张光斗决定学习使用电脑。当时他因为患有青光眼、白内障，手又发抖，写的字别人很难辨认，他感到非常苦恼。学用电脑就是希望自己能够继续工作。为此，他学会了拼音输入法，由于视力太差，为了减少拿着放大镜在屏幕上找字的时间，他硬是把每一个字所在的顺序位置背了下来。

他伏身在电脑前，一手拿着放大镜，一手敲着键盘。1997年，写下了《科教要兴国，兴国要科教》；1998年，写下了《加强高等教育与经济建设的结合是发展经济的关键》……

1996年到2000年，他写下的教育方面的书信文章就有32篇。

我还想为人民做些工作

张光斗的生活已离不开手杖和轮椅了，他依然每天早晨6点钟起床。

上午，他做的第一件事就是浏览当天的报纸和信件。他一直没有停止思考，就相关问题会给有关部门打电话或者写信，提出建议。如果觉得问题特别重要，他就会搜集资料、拿出论据、写成文章投寄报刊甚至上书中央。

他这一生，有许多建议被中央采纳，其中包括1992年他和王大珩等6名中国科学院院士联名上书，促成了中国工程院的成立。

他说话不留情面。在参观工厂企业时，每听到主人兴致勃勃地介绍那些引进的先进技术与生产线时，他会马上跟一句："在消化、吸收方面，你们做了些什么？"

1996年张光斗获得何梁何利科技进步奖、中国工程院工程成就奖，2001年获得中国水利学会功勋奖，2002年获得中国工程科技领域最高奖——光华工程成就奖。

张光斗的心中还有许多未了的愿望。2005年8月13日，他给女儿写了一封信："人生就是为人民服务，为后人造福。我一生为此努力，但贡献不大。中国人口众多，人均水资源只有世界人均的1/4，而洪涝干旱灾害频发……我93岁，生活能自理，头脑清楚，无大病，是很不容易的。我还想为人民做些工作，对工程和国事写些文章……"

（摘自《读者》2007年第24期）

88岁的"上班族"

■ 祖一飞

88岁的顾诵芬至今仍是一名"上班族"。

几乎每个工作日的早晨,他都会按时出现在中国航空工业集团科技委的办公楼里。从住处到办公区,不到500米的距离,他要花十几分钟才能走完。

自1986年起,顾诵芬就在这栋小楼里办公。他始终保持着几个"戒不掉"的习惯：早上进办公室前,一定要走到楼道尽头把廊灯关掉；用完电脑后,他要拿一张蓝色布罩盖上防尘；各种发言稿从不打印,而是亲手在稿纸上修改誊写；审阅资料和文件时,有想法随时用铅笔在空白处批注……这是长年从事飞机设计工作养成的习惯,也透露出顾诵芬骨子里的认真与严谨。自1956年起,他先后参与、主持歼教-1、初教-6、歼-8和歼-8Ⅱ等机型的设计研发。1991年,顾诵芬当选中国科学院院士,1994年当选中国工程院院士,成为我国航空领域唯一的两院院士。

战机一代一代更迭，老一辈航空人的热情却丝毫未减。2016年6月，大型运输机运-20交付部队；2017年5月，大型客机C919首飞成功；2018年10月，水陆两栖飞机AG600完成水上首飞，向正式投产迈出重要一步。这些国产大飞机能够从构想变为现实，同样有顾诵芬的功劳。

相隔5米观察歼-8飞行

顾诵芬办公室的书柜上，有5架摆放整齐的飞机模型。最右边的一架歼-8Ⅱ型战机，总设计师正是他。作为一款综合性能强、具备全天候作战能力的二代机，至今仍有部分歼-8Ⅱ在部队服役。而它的前身，是我国自主设计的第一款高空高速战机——歼-8。

20世纪60年代初，我国的主力机型是从苏联仿制引进的歼-7。当时用它来打美军U-2侦察机，受航程、爬升速度等性能所限，打了几次都没有成功。面对领空被侵犯的威胁，中国迫切需要一种"爬得快、留空时间长、看得远"的战机，歼-8的设计构想由此被提上日程。

1964年，歼-8设计方案拟定，顾诵芬和同事投入飞机的设计研发中。1969年7月5日，歼-8顺利完成首飞。但没过多久，问题就来了。在跨音速飞行试验中，歼-8出现强烈的振动现象。用飞行员的话说，就好比一辆破旧的公共汽车开到了不平坦的马路上，"人的身体实在受不了"。为了找到问题所在，顾诵芬想到一个办法——把毛线条粘在机身上，以观察飞机在空中的气流扰动情况。

由于缺少高清的摄像设备，要看清楚毛线条只有一种办法，就是坐在另一架飞机上近距离观察，且两架飞机之间必须保持5米左右的距离。顾诵芬决定亲自上天观察。作为没有经过特殊训练的非飞行人员，他在空中承受着常人难以忍受的过载反应，用望远镜仔细观察后，终于发现问题出在后机身。飞机上天后，这片区域的毛线条全部被气流刮掉。顾诵芬记录下后机身的流线谱，提出采用局部整流包皮修形的方法，并亲自做了修形设计，与技术人员一起改装。飞机再次试飞时，跨声速抖振的问题果然消失了。

直到问题解决后，顾诵芬也没有把上天的事情告诉妻子江泽菲，因为妻子的姐夫、同为飞机设计师的黄志千就是在空难中离世的。那件事后，他们立下一个约定——不再乘坐飞机。并非不信任飞机的安全性，而是无法承受失去亲人的痛苦。回想起这次冒险，顾诵芬仍记得试飞员鹿鸣东说过的一句话："我们这些人，生死的问题早已解决了。"

1979年年底，歼-8正式定型。庆功宴上，喝酒都用的是大碗。从不沾酒的顾诵芬也拿起碗痛饮，这是他在飞机设计生涯中唯一一次喝得酩酊大醉。那一晚，顾诵芬喝吐了，但他笑得很开心。

伴一架航模"起飞"

顾诵芬是一个爱笑的人。如果留心观察，你会发现他在所有照片上都是一张笑脸。在保存下来的黑白照片中，童年时的一张最为有趣：他叉着腿坐在地上，面前摆满了玩具模型，汽车、火车、坦克，应有尽有，镜头前的顾诵芬笑得很开心。

在他10岁生日那天，教物理的叔叔送来一架航模作为礼物。顾诵芬高兴坏了，拿着到处跑。但这架航模制作比较简单，撞了几次就没办法正常飞行了。父亲看到儿子很喜欢，就带他去上海的外国航模店买了一架质量更好的，"那架飞机，从柜台上放飞，可以在商店里绕一圈再回来"。玩得多了，新航模也有损坏，顾诵芬便尝试自己修理。没钱买胶水，他找来废电影胶片，用丙酮溶解后充当黏合剂；碰上结构受损，他用火柴棒代替轻木重新加固。"看到自己修好的航模飞起来，心情是特别舒畅的。"

酷爱航模的顾诵芬似乎与家庭环境有些违和。他出生在一个书香世家，父亲顾廷龙毕业于燕京大学国文系，是著名的国学大师，不仅擅长书法，在目录学和现代中国图书馆事业上也有不小的贡献。顾诵芬的母亲潘承圭出身于苏州的望族，是当时为数不多的知识女性。顾诵芬出生后，家人特意从西晋诗人陆机的名句"咏世德之骏烈，诵先人之清芬"中取了"诵芬"二字为他起名。虽说家庭重文，但父亲并未干涉儿子对理工科的喜爱，顾诵芬的动手能力也在玩耍中得到锻炼。《顾廷龙年谱》中记录着这样一个故事：一日大雨过后，路上积水成河，顾诵芬"以乌贼骨制为小艇放玩，邻人皆叹赏"。

"七七"事变爆发时，顾廷龙正在燕京大学任职。1937年7月28日，日军轰炸中国29军营地，年幼的顾诵芬目睹轰炸机从头顶飞过，"连投下的炸弹都看得一清二楚，玻璃窗被冲击波震得粉碎"。从那天起，他立志要保卫祖国的蓝天，将来不再受外国侵略。

考大学时，顾诵芬参加了浙江大学、清华大学和上海交通大学的入学考试，报考的全是航空系，结果3所学校的考试全部通过。因母亲舍不得他远离，顾诵芬最终选择留在上海。

1951年8月，顾诵芬大学毕业。上级组织决定，要把这一年的航空系毕业生全部分配到中央新组建的航空工业系统。接到这条通知时，顾诵芬的父母和上海交通大学航空系主任曹鹤荪都舍不得放他走。但最终，顾诵芬还是踏上了北上的火车。到达北京后，他被分配到位于沈阳的航空工业局。

"告诉设计人员，要他们做无名英雄"

中华人民共和国成立后，苏联专家曾指导中国人制造飞机，但同时，他们的原则也很明确：不教中国人设计飞机。中国虽有飞机工厂，实质上只是苏联原厂的复制厂，无权在设计上进行任何改动，更不要说设计一款新机型。

每次向苏联提订货需求时，顾诵芬都会要求对方提供设计飞机要用到的《设计员指南》《强度规范》等资料。苏联方面从不回应，但顾诵芬坚持索要。那时候他就已经意识到,"仿制而不自行设计,就等于命根子在人家手里,我们没有任何主动权"。

顾诵芬的想法与上层的决策部署不谋而合。1956年8月,航空工业局下发《关于成立飞机、发动机设计室的命令》。这一年国庆节后,26岁的顾诵芬进入新成立的飞机设计室。在这里,他接到的第一项任务,是设计一架喷气式教练机。顾诵芬被安排在气动组担任组长,还没上手,他就倍感压力。上学时学的是螺旋桨飞机,他对喷气式飞机的设计没有任何概念。除此之外,设计要求平直翼飞机的马赫数达到0.8,这在当时也是一个难题。设计室没有条件请专家来指导,顾诵芬只能不断自学,慢慢摸索。

本专业的难题还没解决,新的难题又找上门来。做试验需要用到一种鼓风机,当时市面上买不到,组织上便安排顾诵芬设计一台。顾诵芬从没接触过鼓风机,只能硬着头皮上。通过参考国外资料,他硬是完成了这项任务。在一次试验中,设计室需要一排很细的管子用作梳状测压探头,这样的设备国内没有生产,只能自己制作。怎么办呢?顾诵芬与年轻同事想出一个法子——用针头改造。于是连续几天晚上,他都和同事跑到医院去捡废针头,拿回设计室将针头焊在铜管上,再用白铁皮包起来,就这样做成了符合要求的梳状排管。

1958年7月26日,歼教-1在沈阳飞机厂机场首飞成功。时任军事科学院院长的叶剑英元帅为首飞仪式剪彩。考虑到当时的国际环境,首飞成功的消息没有被公开,只发了一条内部消息。周恩来总理知道后托人带话:"告诉这架飞机的设计人员,要他们做无名英雄。"

退而不休,力推国产大飞机研制

在中国的商用飞机市场,波音、空客等飞机制造商占据着极大份额,国产大型飞机却迟迟未发展起来。看到这种情况,顾诵芬一直在思考。但当时国内各方专家为一个问题争执不下：国产大飞机应该先造军用机还是民用机？

2001年，71岁的顾诵芬亲自上阵，带领课题组走访空军，又赴上海、西安等地调研。在实地考察后，他认为军用运输机有70%的技术可以和民航客机通用，建议统筹协调两种机型的研制。各部门论证时，顾诵芬受到一些人的批评："我们讨论的是大型客机，你怎么又提大型运输机呢？"甚至有人不愿意让顾诵芬参加会议，理由是他的观点不合理。顾诵芬没有放弃，一次次讨论甚至争论后，他的观点占了上风。2007年2月，温家宝总理主持召开国务院常务会议，批准了大型飞机项目，决策中吸收了顾诵芬所提建议的核心内容。

2012年年底，顾诵芬参加了运-20的试飞评审，那时他的身体已经出现直肠癌的症状，回去后就确诊并接受了手术。考虑到身体情况，首飞仪式他没能参加。但行业内的人都清楚，飞机能够上天，顾诵芬功不可没。

尽管不再参与新机型的研制，顾诵芬仍关注着航空领域，每天总要上网看看最新的航空动态。有学生请教问题，他随口就能举出国内外相近的案例。提到哪篇新发表的期刊文章，他连页码都能记得八九不离十。一些重要的外文资料，他甚至会翻译好提供给学生阅读。除了给年轻人一些指导，顾诵芬还在编写一套涉及航空装备未来发展方向的丛书。全书共计100多万字，各企业院所有近200人参与。每稿完毕，作为主编的顾诵芬必亲自审阅修改。

已近鲐背之年，顾诵芬仍保持着严谨细致的作风。一次采访中，记者与工作人员交谈的间隙，他特意从二楼走下，递来一本往期的杂志。在一篇报道隐形战机设计师李天的文章中，他用铅笔在空白处批注得密密麻麻。"这些重点你们不能落下……"

(摘自《读者》2019年第1期)

跌跌撞撞去了美国

施一公

1989年,我带着彷徨提前一年从清华大学毕业。当时清华是五年制。大三时,父亲出车祸意外离世,给了我巨大打击,我的世界观、人生观都因为父亲去世而被完全颠覆。

第一次叛逆

1987年9月21日下午6点多钟,父亲在骑车回家的路上,被一名疲劳驾驶的出租车司机撞倒了。司机人还挺好,第一时间将父亲送到河南省人民医院。当时父亲昏迷不醒。直到出租车司机交了押金,医生开始施救时,父亲的血压已经测不出来了,脉搏也没有了。

父亲的离世让我不知道今后的路该怎样走。那是我第一次叛逆。从小父亲就想让我做工程师、科学家,但这件事之后,我会想:做工程师、科学家有什么用？父亲倒是工程师，却落了这样一个下场。当时的我就想留在中国改变现状。

因此，毕业时我并没有出国的打算，而是和清华大学科技开发总公司签了协议，代表清华大学去香港工作。但由于一些特殊情况，香港方面表示无法履行工作协议，我只能放弃了。仓促之间，我做了一个决定：考托福出国留学。

决定出国以后，我就拼命地复习英语，英语当时是我的短板，成绩一般。我就这样跌跌撞撞去了美国。

指出导师错误

到美国后，刚开始我也很不老实，经常关心课堂外的一些事情，经常想在国内的事情，也在看周围的事情，做了很多其他人难以想象的事情，比如去餐馆打工近一年。

直到1992年，我读到博士二年级，才开始有了一点感觉。那时，我发现自己在实验室稍微努力一些，也能学得不错，研究做得也还可以。1993年时发生了一件比较意外的事，让我发现自己学生物还是有一定优势的，因为我的数学和物理基础比较好。

我的导师是位非常著名的科学家，不苟言笑，我们都很怕他。有一天，我们开小组会，他非常激动，开始在黑板上推演，向我们展示他自认为发现的一个生物物理学中的重大理论突破。推演到最后，他写了一黑板的推导公式，告诉我们：热力学第二定律是有问题的。

当时，实验室里有二十几个人，十几个博士生，六七个博士后，都坐在那里听他讲，大家听得目瞪口呆。恰好我的数理基础很好，公式推导是我的强项，在他推导的过程中，我已经发现他犯了错误。他讲完以后，我已经看到3处错误，当时实验室的同行没有一个举手的。我当着众人的面，跟导师说他的公式推导过程中什么地方出了问题。说完之后，我有点担心自己惹祸了。但下午再见到导师时，他却向大家夸赞我，说："这么复杂的推演，你能在瞬间看到问题，真了不起。"他的夸奖让我心里开始放松，也意识到自己学习生物学的优势。

被动转为主动

1995 年，我博士毕业时，已经深信自己将来做生命科学研究，谋生没有问题，但还没有自信一定能成为世界上数一数二的科学家。所以，毕业时我又犹豫：自己究竟需要做什么？想做什么？我是一个让思维顺着感觉走的人，不愿意禁锢自己。所以，毕业后我跟朋友在巴尔的摩市成立了一家公司，希望促进一下中美贸易，把中国没有的技术通过我们的中介带到中国。

做了四五个月，发现挣钱没那么容易。这段经历让我意识到，自己的长处不在做生意，而是用自己的脑子做研究。到 1995 年夏天时，我决定，自己这一辈子非生命科学莫属，而且确定了方向后再也没有变过。

我的学术启蒙地应该是约翰·霍普金斯大学。清华大学教给我一些技术知识，但当时在研究上我真的是一窍不通，没有研究理念，也不懂研究方法。在清华，我受到了清华观念的感染和清华精神的熏陶，但我依然不知道怎样从被动地接受知识转化到主动地寻求知识。这步转化最终是在约翰·霍普金斯大学读博士期间完成的。

知道怎么爱国

对约翰·霍普金斯大学，对巴尔的摩，对在美国留学前几年的生涯，我是非常留恋也非常感慨的。在那里，我不仅学到了知识，还学到了科学研究的方法。在看导师、同学、同事做科研的过程中，我有很多机会跟他们交流，耳濡目染，逐渐把科学研究的方法学到。这是我在巴尔的摩最大的收获。

国内的本科教育偏重于知识灌输，偏重于让学生记住很多知识，却没有花时间告诉学生，知识是怎么来的。我们没有给学生讲科学史，这非常重要的一环在我们的教育中是缺失的。我们没有讲发现知识、建立体系的人是什么样的人。学生必须知道他们是什么人，才能破除迷信。

我在清华开了一门课，每年秋季给学生讲科学史，我会把科学家的生平、一些重要的事件、关键的实验全部穿插到课程里面，让学生觉得非常有意思。开这门课有几个目的：一方面让学生破除迷信，认识到科学家也是人，再优秀也还是人，不是神；另一方面让学生真正学会用自己的脑子思考，为什么会这样，自己能不能做到，等等。

出国对我产生了很大的影响，其中很重要的一点就是：我以前也很爱国，但有时候有点偏执，总从自己的角度考虑，觉得应该怎么样，还会抱怨一些事情。到了美国后，我有了另外一个视角，比如去了解美国人怎么看中国，美国社会怎么运行，我开始意识到另外一些事情。还没有出国时，我对爱国的看法经常是片面的。所以对我而言，不出国，就不知道怎么爱国。

(摘自《读者》2019 年第 2 期，有删节)

世界人
汤一介

我的女儿和儿子早在20世纪90年代初就入了美国籍，孙子和外孙女都生在美国，自然是美国人了。也就是说，我的下一代和下下一代都是美国人，这使我深感遗憾。

我并不认为美国是什么天堂，它的社会同样存在着种种问题，而且有些问题非常严重。但相对来说，人们比较自由。我的孙子Brady，现在13岁，上初中二年级，他小学五年级时，在全美数学考试中取得第二名，纽约州第一名。他是他们小学中唯一被亨特中学录取的学生。亨特中学是纽约大学的附属中学，是纽约市最好的公立学校。我的外孙女Hedy今年12岁，读初一，她的功课也不错，被选拔参加各种特殊的考试（即用部分大学入学试题考中学生），她喜欢舞蹈，也弹钢琴，会画抽象派的画，还会在电脑上编卡通故事。我女儿常对她说："你应该像哥哥Brady一样，功课出类拔萃。"Hedy说："哥哥是天才，我不是，我只做我喜欢的。"很可惜，我的孙子和外孙女中文水平很差，孙子还能听、说，外孙女连听、说都有困难了。这也使我大大地失望了。

我把我的失望说给乐黛云听，她的看法却和我不同，她说："他们属于新人类，是世界人，没有国家的观念，什么地方对他们发展有利，他们就在什么地方做出贡献。我们不同，受着国家观念的影响。我们总是觉得，为自己的祖国服务是理所当然的。实际上按马克思主义的国家学说，最后国家总是要消亡的，进入世界大同。儿孙在美国既可促进文化交流，为人类做出贡献，又可证明中华民族在任何地方都可做出贡献，有什么不好？"她的这番话，从道理上说，我驳不倒她；从感情上说，我却较难接受。特别是我一想到，我的子孙都变成了美国人，就觉得没有让孩子们继承我们的"家风"，有点儿对不起我的祖父和父亲。

我和乐黛云完全可以在20世纪80年代移民美国，但我们总认为我们的事业在中国，儿女们要为我们办绿卡，我们一直没有同意。自1983年起我几乎每年都会到美国开会或讲学。1990年9月，加拿大麦克马斯特大学授予我和乐黛云荣誉文学博士学位，并聘请我们在该校任客座教授4年。我们谢绝了4年客座教授的任期，只答应第二年（1991年）到该校讲学半年。没有移居国外，对此我们不仅不后悔，反而有些庆幸，因为我们在国内多少可以为人民做点事。20年过去了，可以扪心自问，我们为中华民族的学术文化事业，为中外学术交流，做了我们力所能及的事。我们在国内外学术界有许多朋友，我们是幸福的。

(摘自《读者》2017年第4期)

走向南极

秦大河

1989年7月28日,秦大河代表中国,同美、法、苏、英、日其他五国的五名队员组成的国际横穿南极大陆考察队,从南极半岛拉尔森冰架北端出发,开始了徒步征服南极的壮举。

考察队员秦大河肩负着探险和科学考察的重任,负荷最重。他克服了常人难以想象的困难,在行进中学会了滑雪,他以坚强的毅力,在一天疲劳的探险结束后,再开始自己的研究工作;当探险队被迫轻装前进时,秦大河把所有的衣服都精减了,而将雪样保存下来……

历程5986公里,历时220天,1990年3月3日,考察队胜利到达终点——苏联和平站。

秦大河成了英雄,世界上所有的华夏儿女都因秦大河是中国人而感到自豪。面对鲜花和荣誉,秦大河很冷静,一再强调:"我是一个很普通的人。"

当我们阅读秦大河自传时,多次为他的成长经历所激动,沿着他的足迹，你能感受到一个普通人是怎样一步一步走向南极的。

我的名字

1947年1月4日，我降生在位于黄河之滨的兰州市。

也许是由于这个原因，父亲给我取名叫大河。

人的一生中，有许多奇妙的巧合，这些巧合，使人的命运也变得奇妙起来。朋友们相聚闲聊时，都说我的名字起得有趣，好像我命中注定要和冰川打一辈子交道。这些话听起来不无道理。我的名字叫秦大河，考大学被录取在地理系。后来，又和冰川结下了不解之缘，而"川"这个字，本意是"河"。"冰川"这个词，在日文里写作"冰河"。"川"与"河"，在词义上确也相通。你说巧不巧？

不过，这些都是现在才联想到的，否则，我岂不成了未卜先知的天才？

我根本就不是天才，天分并不比别人高，如果不是生在一个比较好的环境里，遇上了一个能够安心学习的稳定的时代，使我能够很顺利地读完小学、中学的全部课程，打下一个牢固的基础的话，我大概不会有机会从事我现在的工作，更不敢奢望踏上南极冰盖。

大学几件事

1965年秋天，我踏进了兰州大学的校门，学习地质地理专业。

我进地理系后，注意到系上的老师、同学们对锻炼身体抓得很紧。学地理的人，一辈子都要与山川河流打交道，没好身体适应不了。系上一位老教授，当时已是60岁的人了，每天坚持锻炼，野外实习，爬山如履平地，我很羡慕他。于是定下一个目标，像他那样练就一个好身体。从此我不管天阴天晴，天冷天热，每天都练长跑。时间久了，特别是"文化大革命"期间，学生根本没人管了，早操也没人组织了，但我仍然坚持，有的同学觉得有点傻，说我神经病，这年头每天大清早还起来跑步、跑的什么劲儿？我照练我的。当时我锻炼身体是一个目的，锻炼意志和毅力是另一个目的。我倒要看看，在别人不干的情况下，我到底能坚持多久？

我在大学期间的身体锻炼和毅力锻炼，并没有白费功夫。我这次横穿南极，开头一个月几乎是跑着前进的。可以想象，在那个恶劣的生活环境里，如果没有我年轻时练就的长跑功夫，没有毅力，没有坚强的意志，恐怕是很难坚持到底。

我进校的第三个秋天，我们系六六届毕业生在分配工作时，有个别同学将大学五年的课本和所读过的书籍，全部闲置丢弃。

看到他们把那么多好书闲置丢弃，我觉得十分可惜，不顾别人奇怪的眼光，把那些书捡回来。没想到，这些书在十年以后我报考研究生时，起到了意想不到的作用，派上了用场。

1969年，我被分配到甘肃平凉农村劳动，同系上教经济地理的王焕龄老师住在一起。王先生没有给我带过课，对我不太了解，光知道我是学生。开始，我们师生之间从不谈任何事情，说话极少。白天下地劳动，晚上王先生就着煤油灯，学唱样板戏。我晚上没事，心里着急，就拿出一本《政治经济学》教科书看，但心里很不踏实，生怕王先生向别人透露。几天后，王先生没有什么反应。

这本书是讲价值规律的，我有很多不理解的地方，最后实在憋得没办法，就壮着胆子向王先生请教。谁知，王先生来了劲儿。他睁大圆眼，认真地说："这样吧，你有什么问题，只需告诉我第几章、第几节、第几行就可以了。"我心想："这么神？先试试您。"于是告诉他个某一页的页码。他略一思索，说，那一定是第几章第几节了。于是滔滔不绝地给我讲解开了，分析的精辟，态度的严肃，简直犹如在讲坛。我佩服得五体投地。在王先生的精心辅导下，读完了这本书。王先生对我的一句鼓励话是："好好学吧，你现在是我见到的系上唯一的一个还在读书的学生。"

我的妻子

周钦珂和在中学是同级同学。我当学生会主席时，她是文体部长。我们因工作关系，比较熟悉和了解。她很聪明，学习非常好。

高中毕业我考入兰大，她考入兰州医学院。

大学毕业时，钦珂因病住院了，因此缓分了三个月。我当时分到了省农村宣传队和政县分队，那里的生活环境比较艰苦。她出院后，学校告诉她，将她分配到兰州市永登县的农宣队。谁知道，钦珂面对这么好的条件，一点也不动心，直接找到了省农宣队办公室，要求去和政县分队。办公室的一位同志说：把你分到永登县完全是为了照顾你有病的身体，我一笔就可以将你勾到和政去，但你再回兰州就不容易了。但钦珂执意要同我在一起。

我们结婚后，我才知道这件事。她平静地说："我知道和政艰苦，我也知道我的身体不好，但要苦，我们俩人应该苦在一起，两人一条心，黄土变成金嘛！"我当时听了她的话，感动得流下了眼泪。

钦珂现在是甘肃省人民医院的主治大夫。她一直支持我的事业。近10年，我经常在野外工作，在家里只过了一个夏天。钦珂承担了全部的家务和对孩子的教育。儿子小时总是问钦珂："爸爸长的什么样子？"对妻子和孩子，我总有一种内疚感。

我的志愿

那还是在大学一年级时，我在系资料室里翻阅报纸杂志，偶然在1964年的《地理学报》上发现了施雅风和谢自楚写的《中国现代冰川的基本特征》这篇文章。我在中学时就知道了施雅风这个名字，他考察希夏邦玛峰的事迹刊登在报纸上。我把那篇论文仔细地读了一遍,虽然是生吞活剥,似懂非懂,但使我非常感兴趣,可以说是"一见钟情"吧!

我自从读了那篇文章,冰川学就深深地扎根于我心田了,它时常萦回在我的脑海里。三年五年,十年八年,它始终像个幽灵一样游荡在我的周围。

在和政县教书期间,我一边教课,一边注意着冰川学研究方面的进展。

1974年放暑假,我住在兰州的姐姐家。拜访施雅风、谢自楚的想法又向我袭来了,过去几次都因为找不到引荐的人,放弃了,这一次,不管有没有人引荐,我一定要见见他们。我大着胆子来到了中国科学院兰州冰川所的传达室。因为我谁也不认识,进门就说:

"我想找一下施雅风和谢自楚。"

传达室里的看门人说:"施雅风出差了,谢自楚在,可是今天是星期天,你明天来吧。"

"我到他家去找。他家住在哪里?"我不甘心地问。传达室的看门老同志见我很是急迫,就告诉了我具体的楼号和门牌号。

我找到谢自楚的家,敲开门,见一位五十来岁的人正在和一个六七岁的小姑娘讲话。小姑娘因有病发烧正在他爸爸怀里撒娇。他堵在门口问:

"你找谁?"

"找谢自楚。"我说。

"我就是,你有啥事?"他问。

我见人家不热情,怕发生误会,就急忙自报家门,说对冰川学很感兴趣,想学习学习。没想到,我的话刚一完,谢自楚态度马上变了,大开房门,十分热情地请我进到屋里。

谢自楚当时已经是个有名的科学家了,但住房却很差,只有一间屋子,连自行车都没地方摆,只能斜着摆在屋当中。我勉强找了个凳子坐下,和他交谈了起来,越谈越投机。最后,他很有感慨地说:现在根本没有人想搞冰川,都认为干这行太苦,你却自己找上门来,我真高兴啊!接着,他又询问我的学历和专业知识学习情况，并记下了我的工作单位和名字，临走还给了我一些冰川学方面的资料。

没想到，那次毛遂自荐竟成了我生活道路上的转折点。

那时候调动一个普通业务人员，尤其是从专县调进地处省府的科学院，可不是一件轻而易举的事。谢自楚先生骑辆破自行车到处反映情况，四处游说历时几年。1978年5月，我被调进了冰川所。当时，我考研究生的一试也已通过了。

两个月后，我通过了研究生二试，考取了兰州大学地理系李吉均教授的研究生。李教授考虑到我今后从事专业的需要，在冰川气候变迁方面教会我许多研究方法，这些知识，在我的南极科学考察中，起了很大作用。

1980年10月，我获得硕士学位，返回冰川所工作。

两下南极

南极是冰川学家的圣地。对一个冰川学者而言，南极是最理想的研究对象。

80年代初，中国因改革开放的政策而繁荣昌盛起来，我国老一辈冰川学家施雅风教授等科学家联名上书，提请政府把目光投向南极。他们认为，这是反映和衡量我们中华人民共和国雄厚国力的标志。党和国家领导人非常重视这一建议，成立了中国南极考察委员会。

1982年，谢自楚教授在南极考察时向国家南委会推荐可派秦大河到南极考察。1983年9月，我到达澳大利亚。在澳大利亚国家南极局冰川室低温实验室做适应性研究。

1984年元月，我登上飞机，向目的地——南极洲飞去。

1985年2月，中国第一个南极基地长城站建成不久，我的第一次考察任务完成了，3月下旬我回到澳大利亚，在澳大利亚冰川局进行总结性研究。

这一次，我发现澳大利亚人对我的态度大变。实验室的负责人热情的态度溢于言表，当我去复印一些资料时，他把资料抢了过去，声称："这种事，交给工作人员去干吧。秦，你是一个科学家，你应当坐下来完成你的研究。"随即指派两个助手协助我办理那些电脑资料输入、复印之类的事务，我很纳闷。后来听说，我在南极工作的那一段，他们收到我的许多电传资料，发现了我的科研潜力。

1986年夏季，我参加了中德联合考察世界第二高峰乔戈里峰的一个冰川科学考察工作。当我登上这座举世闻名的冰川，在白雪皑皑的山顶，向南望去，眼前似乎又浮现出了南极的冰川。那年，我正在申请一个南极项目。

1988年4月，我获准第二次到南极考察。这次我将在中国的长城站越冬，任中国南极考察队副队长兼越冬站长。

抓住机会

5月的一天，我和北京通话时，意外地听到了一个消息。

那是1986年夏季的一个夜晚，在北极率队徒步探险的美国人维尔·斯蒂克和独自一人徒步到达北极点的法国人路易斯·艾蒂安不期而遇。这两位老牌探险家兴奋地在帐篷里谈天说地，彻夜未眠，诞生了一个大胆的设想，即组织一支国际横穿南极探险队，徒步征服南极。

他们的动作真快，北极晤面之后，就到处游说，集资1100万美元赞助，于1987年组织了美、法、英、日、苏5国参加的横穿南极国际考察队，并已在格陵兰大冰盖地区进行了2700公里的长途拉练。

我在电话中得知，路易斯·艾蒂安正在北京，他的任务是与中国南极考察委员会签订一个合同，邀请一名中国人参加国际探险队。

我被这消息所震撼，认为这是千载难逢的机会。经过仔细思考，感到我有竞争能力。当晚给北京发了电传，向北京报名，又来了个毛遂自荐。

1988年12月，突然接到北京一个神秘的电话：

让我量量身体各部位的尺寸。我预感到，将有什么事情发生。

第二天，翘首以待的好消息终于从北京传来。北京通知我将工作移交给课题组同志，立即回国参加国际横穿南极科学探险考察队的活动。

1989年5月，当我兴致勃勃回到兰州后，家中却出了不幸。妻子周钦珂在她工作的医院外遭车祸，肋骨骨折，被人抬到了病床上。而我只能在兰州待一周时间。看着妻子昏迷的面容，我心如刀割。这时，北京已得知我家中的不幸，他们打电话询问，要是不能去，我国只好放弃。

当周钦珂清醒过来以后，问我什么事，我只好如实"汇报"。她说："这已不是我一个人，也不是我一家的事，而是中国的事情。要是你大河不去，六面国旗中就没有中国的国旗。"当我听到她说"你放心地去吧，不要为我担心"那句话时，眼泪直在眼圈里转。

在兰州只待了10天，我便行色匆匆，登上了去美国的飞机。

签生死文书

我到了美国一个名叫伊利的小镇，这里冰天雪地，和南极差不多。其他5名队员和狗早已达到这里，我将要在这里接受两个月的强化训练，学会驾驶狗拉雪橇和滑雪。

狗拉雪橇我很快就学会了，但滑雪直到训练结束也未学会。

一天，队长让我去看口腔医生，检查的结果是要我拔掉10颗牙齿，我大吃一惊。但他们说，要在极地活下去，必须摄取足够的营养，必须吃下干缩食品，牙齿第一，探险中牙齿出了问题谁给你治？要么拔牙，要么不去。我想，不能因10颗牙而因小失大，心一横，10颗牙被拔了。

外国佬考虑问题很是周详，牙齿拔掉，算是一种预防性措施。更绝的是要我们在探险的合同上签字，那合同写得十分细致，条件也很苛刻。比方说到人身保险，合同条文是"如果因为探险而死亡，考察队仅按国际民航的规定付与赔偿费，不负任何责任"，"如果你因为参加横穿活动而丢失身体的某个部位，赔偿不得超过这个赔偿费用的10%"，"如果你受伤，不能参加横穿活动，考察队只负责将你抢救以后送回你的国家，不负担任何医疗费用"等等。合同文本在临出发前夕又变动了多次，但目的都是在以防不测上。

这无疑是一纸生死文书。我记得好像在什么电影中看到过这种场面。此时此刻，面对这几张纸，大家都变得严峻起来，平素那种嘻嘻哈哈的景象不见了。六个人都认真地阅读那些可怕的条文，然后庄重地拿出笔来，签上了自己的名字。

在那个关头，我并没有多想自己会怎么样，我认为死伤的几率对大家都是相等的，我秦大河命大福大，一定不会遭此大难的！何况，人活一世，总得有死的结局，万一牺牲，也是壮烈的死，总比那种平庸的消亡好得多！人不应当害怕死亡，他们应当害怕的是未曾真正地生活过。

一切准备工作就绪后，我们就乘坐飞机向探险的起点飞去。

(摘自《读者》1990年第8期)

叶乔波——中国精神

吴 航

叶乔波，中国女子速滑选手，1964年8月3日生于长春。

1991年，第1次获得世界女子500米速滑冠军。1992年在第16届冬奥会上获得500米和100米女子速滑比赛的两枚银牌；同年获得世界短距离速滑锦标赛1000米冠军和短距离全能冠军。1992年至1993年赛季，先后参加了世界杯系列赛、世界女子锦标赛和世界短距离锦标赛，包揽了500米项目的全部冠军，并夺得女子短距离全能冠军和世界杯总决赛500米的冠军，共获14枚金牌，在世界冰坛上创造了罕见的"大满贯"战绩，被誉为"世界女子500米之王"。

1994年2月25日，在挪威利勒哈默尔的海盗船赛场，叶乔波忍着伤痛，顽强拼搏，获得第17届冬奥会女子速滑1000米比赛的铜牌。这是中国在本届冬奥会上获得的第一枚奖牌，也是叶乔波在其20年冰上生涯中获取的最为不易的一枚奖牌。在10天后的又一次手术中，医生发现她左膝盖的两侧韧带和髌骨早已断裂，腔内有8块游离的碎骨，骨骼的相交处呈锯齿状。这就是叶乔波比赛时的身体状况。

1992

早在1992年夏训时叶乔波就明显感到膝部有不适之感。后经医生检查，发现她的左膝半月板由于超负荷的运动和训练被压破断裂，滑落下来的软骨在她的膝关节的骨缝里成为游离物体，经常卡住关节，造成"绞锁"（运动医学名词，症状是腿部突然间不能动弹）。比赛场上，"绞锁"使许多优秀运动员提前退役，因而半月板断裂被医学界认定为"运动员的致命伤"。

1992年3月叶乔波在国内接受了沈阳军区北方医院骨科专家王德福的一段精心治疗。伤情刚刚有所好转，她就先后赴6个国家参加了8场世界重大比赛。

1993

1993年4月，叶乔波在日本参加世界短距离速滑锦标赛时，膝部疼痛难忍。在朋友的帮助下，她找了一位日本治骨专家。日本专家在看了叶乔波的膝伤后，坚决不信她还在训练，直到确认叶乔波是世界短距离速滑赛金牌的有力争夺者后，还连声说："这怎么可能呢？没有道理嘛！"他建议叶乔波立即手术，修复膝伤，并警告说："不要拿你的生命开玩笑，如果不做手术，你就回家吧！"

3天后，叶乔波忍受着巨大的苦痛夺得了世界短距离速滑赛全能冠军。

赛后，当这位日本专家为叶乔波拔出小针的时候，他不禁淌下了热泪。从此他经常对人说："叶乔波了不起！在她身上，我看到了中国青年一代值得我们学习的东西。"

1993年4月下旬，叶乔波在膝伤已十分严重的情况下参加了第七届全运会速滑全能比赛，结果在500米的速滑赛中失利于黑龙江小将杨春媛。

500米比赛的意外失利，是叶乔波在成国国际明星后首次败给国内的选手。她的伤情开始得到国家体委、解放军总政治部、沈阳军区等各级领导的特别关怀和重视。

5月初，国家体委安排专人护送她赴成都运动创伤研究所，接受专家会诊和初步治疗。

几天后，专家们的诊断与手术方案呈到了国家体委的领导面前。诊断书十分清楚地写着：叶乔波的腿伤为左膝半月板劳损，情况较重，同时她还患有慢性骨膜炎、脂肪垫劳损、内外侧韧带损伤等几种疾病。专家认为，一名运动员在如此严重的伤情下仍能坚持比赛和训练，"非有极大毅力而不可为"。建议马上进行手术治疗。

这时，距1994年2月在挪威利勒哈默尔举行的第17届冬奥会已不到10个月。

国家体委经慎重研究后认为，叶乔波是中国参加冬奥会的王牌队员，如果手术效果不佳恢复较慢的话，就会直接影响到中国在冬奥会上金牌零的突破的历史性任务，为此便指示成都方面进行保守治疗，保证叶乔波以最佳的状态出征冬奥会。

叶乔波知道自己的运动生涯快要结束了。能否使自己的拼搏轨迹画上一个圆满的句号呢？"我一直在一种自己并不喜欢的生活中，在明知凶多吉少的前景下，一往无前向上攀登。我可以因腿伤光荣而体面地退出冰坛，但是，只要国家需要，只要仍有一丝希望，我就尽力去拼、去搏，败而无憾。"她决定，服从组织安排。

于是，成都运动创伤研究所派门诊部主任杨礼淑女士专程去沈阳，为叶乔波的训练"保驾"——每天上午、晚上两次针灸，每次扎上十几针。"乔波太坚强了，这种像天天吃饭一样的针灸，有时连医生都不忍下手，可乔波为打消我的顾虑，每次都装出十分轻松的样子，还故意和我说笑。"

凭着自己顽强的信念和执着的追求，再加上祖国传统医学的灵光，叶乔波的膝伤得到了控制，在1992—1993年度赛季中，叶乔波先后夺得了14枚金牌、2枚银牌、1枚铜牌，其中，在12场500米的速滑赛上，她都战胜了老对手美国名将布莱尔，实现了金牌大满贯，创造了世界女子速滑史上的奇迹。

1993年7月2日，为了能在冬奥会上升起一面五星红旗，叶乔波踏上了赴国外夏训的征途。

正当叶乔波满怀信心，准备在夏训期间上满强度时，她那条刚刚中断治疗的左腿又出了麻烦。

为确诊以便进一步治疗，教练肖汉章与叶乔波去当地的医院拍了3张磁共振的片子。诊断结果比国内的诊断更加严重：左膝半月板断裂，必须立即手术。

此时，肖、叶两人都意识到了问题的严重性，迅速将伤情诊断与治疗意见电传给国内，国家体委在与有关部门协商研究后，同意治疗意见，电传回挪威。

令人不解的是，在挪威的肖、叶二人没有收到国内的电传。

时间紧迫，迟一天手术，就意味着迟一天恢复，对叶乔波参加冬奥会影响越大。肖、叶两人再三权衡，终于下决心手术。

队友和队医担心：万一手术失败，怎么向国家和人民交代？这种忧虑不无理由。我国速滑名将、前世界1500米冠军王秀丽就是在半月板手术后永远告别速滑冰场的。

叶乔波此时心情却格外平静："身体是我自己的，我要对自己负责；成绩和荣誉是国家的，我要对国家负责，与其忍受剧痛徒劳拼命，不如破釜沉舟图个希望。"

有的队友说："做吧，即使失败了，也给自己留个说法。"

叶乔波说："我决定做手术，就是想再干下去，再夺金牌，否则，我又何必冒这个风险？"

1993年8月4日，叶乔波躺在了挪威私立医院瑞雷姆医生的手术台上。

在具有现代化设备的手术室里，著名医学教授瑞雷姆在乔波的左膝上钻了3个圆珠笔帽大小的洞，通过电视屏幕的图像，利用微型手术器械，从膝盖内取出了五块处于游离状态的碎骨，其中一块竟有拇指大小！

令这位挪威医生万分惊讶的是，许多有半月板损伤的运动员都是离开训练场后实施手术治疗的，而叶乔波身负如此伤痛却仍在长期训练，还在拿世界冠军。"中国的叶乔波了不起！太了不起了！她是中国的骄傲！"瑞雷姆万分感慨，术后主动要求与叶乔波合影留念。

瑞雷姆的手术获得了巨大的成功，叶乔波只经过3个星期的恢复性训练，就转入了正常训练；8月31日，在加拿大开始了超负荷训练。

虽然手术获得了巨大的成功，但叶乔波失去了最好的夏训机会。错过了夏训时间，等于打乱了叶乔波的整个训练计划。

叶乔波隐隐感到前景不太乐观，但此时已没有别的路可走。叶乔波玩命地加大运动量，玩命地在和自己较劲。

由于训练强度的不断加大，叶乔波左腿肌肉萎缩，导致髌骨错位。当时，她还蒙在鼓里。左膝时时传来的疼痛，她只当做手术后的正常反应。训练仍在进行。

这时距利勒哈默尔冬奥会已经不到60天！

1993年11月29日，叶乔波在结束国外夏训回京不到10天后，又与教练肖汉章一起，赴挪威、瑞士、美国、加拿大、德国、荷兰等地参加世界速滑系列赛。

1994

1月20日，叶乔波与队友一起来到加拿大做冬奥会前的最后准备。在教练和队友的反复劝说下，叶乔波再次上医院复查了左腿。

2月7日，在距离冬奥会开幕还有五天的时候，叶乔波接到了加拿大医生打来的电话。医生告诉她，她的左膝髌骨已严重错位，必须立即停止比赛进行手术，否则，左腿有残废的危险。

得到消息后，叶乔波没有告诉任何人，只是默默地来到队医那里，要求用厚厚的绷带缠紧左膝。在队医的一再追问下，她才不得不说出实情。

此时，叶乔波知道自己在冬奥会上夺金牌已经不可能了。她对记者说："我不能再想任何事情了，既然来了，就只能全力去拼，一拼到底！

结果如何，我不知道，但不论情况如何，我都会做出最大的努力！"

"人在追求一种美好的理想时所付出的代价是巨大的，有时甚至是青春和生命，但这一切，又都是值得的！"奥斯特洛夫斯基曾经这样说。

叶乔波也在期待，甚至不惜用亮丽的青春和健康的肢体。她在期待着暴风雨的来临……

1994年2月19日，叶乔波在自己最擅长的500米比赛中失利。"这位有'世界女子500米之王'之称的中国选手被挤出了前10名。"法新社记者这样播发着消息。"叶乔波左膝有严重伤病，但这位有着顽强毅力的中国选手仍然参加了本届冬奥会。权威人士称，带着这样的伤病参加训练和比赛是不可思议的。"

去挪威为女儿最后一搏加油鼓劲的叶国才在回到长春接受记者采访时讲了这样一段插曲：

500米比赛后的第二天，他和乔波的妹妹叶佳波去训练馆看乔波。中间休息时，在场内的叶乔波突然停下来，招手示意妹妹过去，让她帮助紧紧自己左膝上的绷带。绷带解开时，叶佳波不禁惊呆了：乔波左膝的皮肤已经被胶布粘烂了，一块胶布撕下来，带下来一大块皮！叶佳波含着眼泪为姐姐包扎好绷带，便再也忍不住了，跑到父亲的怀里失声痛哭……

1994年2月25日，挪威，利勒哈默尔海盗船速滑馆，女子1000米的比赛正在进行。

叶乔波静静地站在起跑线上。

她明白，此时此刻祖国有着千万双眼睛在看着她。冬奥会开幕已经十多天了，拥有12亿人口的中国尚未在冬奥会赛场上升起国旗、奏响国歌。

发令枪响了，叶乔波冲出了起跑线。

起跑，过去是叶乔波的强项，如今受左膝伤痛的影响，长处已转为短处。前200米，叶乔波只滑出18秒48。

所有关心叶乔波的人一起站起来，拼命高喊："加油！"中国代表团哭了。叶国才和叶佳波泪水纵横。

在250米到800米的滑行中，叶乔波不断地加速，用那条不太听话的左腿使劲地蹬着冰。

最后400米，叶乔波玩命般地加快频率，奋力向终点冲去、冲去……

计时牌上打出了一行字：

叶乔波，1分20秒22。

20年日日夜夜艰苦拼搏所蕴藏的情感此刻再也抑制不住，叶乔波滑出场外，扑向教练肖汉章的怀中，放声大哭。肖汉章，这个铁打的汉子刚想拍拍乔波劝慰几句，自己却也忍不住掉下泪来……

历史将这一永远难忘的场面定了格：公元1994年2月25日，这一天，来自伟大中国的12亿华夏儿女的代表——叶乔波用自己无悔的青春和沸腾的热血为中国的本届冬奥会的赛场上第一次升起了五星红旗。

(摘自《读者》1994年第10期)

致 谢

　　早春三月,北国大地上虽然还没有呈现出"春暖花开,柳絮飘飞"的景象,但晨曦中南来北往的沸腾人流却能让人感觉到春潮的阵阵涌动。新的生活就在此间迸发,返校、返城、返队、返程的人们怀揣着新的梦想,迈开新的步伐,向着明媚的春天出发。而此刻的我们也正是这沸腾人流中的一员,开启了我们新的征程。

　　今年我们将喜迎共和国的70华诞。这是一个让人感受温暖与幸福的时刻,作为一名出版人,从去年开始我们就想以出版人的独特方式来表达对伟大祖国的真诚赞美和衷心祝福,为此特意策划了《读者丛书·国家记忆读本》。这是继《社会主义核心价值观读本》《中国梦读本》成功出版发行之后,甘肃人民出版社策划的第三辑"读者丛书"。丛书以时代为主线,以与人民最密切相关的衣食住行等生活变迁为切入点,以朴素而温情的独特记忆去回望和见证共和国70年的历史风云、发展变迁,让读者既能重温共和国成立初期虽然物质匮乏但理想崇高的激情岁月，又能感受到改革开放的春天到来以后，祖国大地生机盎然、蓬勃向上的巨大变化，更能体会到新时代以来追梦路上人民的新气象和新面貌。

和以往出版的两辑读者丛书一样，《国家记忆读本》在策划、编辑出版过程中，得到了中共甘肃省委宣传部、甘肃省新闻出版局以及读者出版集团、读者杂志社等多方的指导和帮助，在此深表谢意！与此同时，丛书的编选也得到了绝大多数作者的理解和支持，他们对作品的授权选编和对丛书的一致认可使我们消除了后顾之忧，对此我们表示诚挚的谢意！虽然我们尽力想把工作做得更细致更扎实些，但因为种种原因依然未能联系到部分作者，对此我们深表歉意，也请这些作者见到图书后与我们联系。我们的联系方式是：甘肃人民出版社（甘肃省兰州市读者大道568号，730030，联系人：马海亮，13893478059）。

在这春潮涌动、春天的脚步越来越近的时刻，《读者丛书·国家记忆读本》的出版发行，既是我们送给祖国母亲70华诞的一份献礼，也是我们出版人和读者人的一份责任与担当。我们带着对祖国母亲的祝福在新的一年里出发，追寻更加精彩纷呈的人生，迎接春的到来！

读者丛书编辑组
2019年3月